Aminata Sow Fall

Der Streik der Bettler

Aminata Sow Fall

Der Streik der Bettler

Roman

Aus dem Französischen von Caroline Gutberlet
Mit einem Nachwort von Peter Schunck

Lamuv Taschenbuch 189

Originaltitel: La grève des Bàttu ou les déchets humains

Bitte fordern Sie unser kostenloses Gesamtverzeichnis an:
Lamuv Verlag, Postfach 26 05, D-37016 Göttingen

Das Papier des Buchblocks besteht zu 80 Prozent aus Altpapier, zu 20 Prozent aus Holzschliff von Durchforstungsholz aus nachhaltiger Forstwirtschaft. Es enthält keine Färbung oder optische Aufheller.

Die Übersetzerin dankt Aminata Sow Fall
für zahlreiche wertvolle Hinweise

(A) = Anmerkungen der Autorin
(Ü) = Anmerkungen der Übersetzerin

1. Auflage 1996
2. Auflage 1997
Lamuv Verlag GmbH, Göttingen 1996

Umschlaggestaltung: Gerhard Steidl
unter Verwendung eines Fotos von Bruno Barbey/Magnum/Focus
Gesamtherstellung: Steidl, Göttingen
Printed in Germany
ISBN 3-88977-436-9

*M*einem Ehemann

I

*H*eute morgen stand schon wieder etwas über sie in der Zeitung: Diese Bettler, diese *talibés*[1], diese Leprakranken, diese physischen Krüppel, diese Wracks stellen eine wuchernde menschliche Plage dar. Die Stadt muß von diesen Menschen – vielmehr diesen Schatten von Menschen –, von diesem menschlichen Abfall befreit werden, der einen überall und jederzeit bestürmt und angreift. An jeder Kreuzung ist zu wünschen, daß die Ampel nicht auf rot umspringt! Ist diese Hürde erst einmal glücklich überwunden, erhebt sich schon die nächste Barrikade, wenn man ins Krankenhaus will; um an seinen Arbeitsplatz zu gelangen, muß man Absperrungen durchbrechen; um die Bank verlassen zu können, ist man gezwungen, um sich zu schlagen; und man muß tausend Umwege machen, um ihnen auf den Marktplätzen zu entgehen; und schließlich hat man auch noch ein Lösegeld zu zahlen, um in das Gotteshaus eintreten zu dürfen. Mein Gott, diese Menschen, diese Schatten von Menschen! Sie sind so hartnäckig, und sie sind überall! Die Stadt muß dringend von diesen Subjekten gesäubert werden. Kéba Dabo ist mehr denn je davon überzeugt. Dies um so

[1] Im französischsprachigen Westafrika verbreitete Bezeichnung für die Schüler der Koranschule, für die die Lehre vorschreibt, daß sie sich während der Unterrichtszeit nur vom Erlös aus der Bettelei ernähren dürfen. Die speziellere Bedeutung, auch im hiesigen Kontext ist: der arme kleine Straßenbettler. (Ü)

mehr, als er wieder einmal schwer daran zu schlucken hatte; er hatte sich an diesem Freitag zu seinem Unglück in den Laden eines libanesischen Händlers begeben müssen, obwohl jedermann weiß, daß Freitag der Tag ist, an dem sich die Bettler an allen Ecken und Enden drängen. Genau in dem Augenblick, da ein junger Mann den Laden verlassen wollte, verletzte ihn ein Blinder, der die Umgebung abtastete, um in den Laden zu gelangen, mit seinem Stock. Der junge Mann beschimpfte den Bettler, worauf dieser zur Verwunderung aller aufs gröbste reagierte.

„Wie kannst du es wagen, mich derart zu beleidigen?"

„Ach so ist das! Weil wir Bettler sind, glaubt ihr, daß wir Hunde sind! Wir haben langsam, aber sicher die Nase voll!"

Keiner begreift mehr, was vor sich geht. Kéba Dabo noch weniger, er, dessen Aufgabe es ausgerechnet ist, die Befreiung von dieser wuchernden menschlichen Plage durchzuführen. Er ist Stellvertreter von Mour Ndiaye, dem Direktor der staatlichen Gesundheitsbehörde. Mour Ndiaye war unerbittlich gewesen, als er seinen Stellvertreter eine Woche zuvor in sein Büro gerufen hatte. In seiner Rechten hielt er den Rundbrief des Ministers, der die erneute Weisung enthielt, die Säuberung der öffentlichen Verkehrswege vorzunehmen. Mit seiner Linken gab er Kéba ein Zeichen, ihm gegenüber Platz zu nehmen.

„Kéba, die Lage wird immer besorgniserregender. Diese Bettler, wir werden von ihnen... Nun, sie machen uns das Leben ein bißchen schwer,

nicht wahr? Hatte ich dir nicht aufgetragen, irgend etwas zu unternehmen?"
„Sicher doch, Monsieur le Directeur. Ich habe Ihre Anordnungen befolgt. Ich muß Ihnen sagen, daß ich es mir selbst nicht erklären kann... Ich weiß nicht, wie sie es anstellen, um wiederzukommen. Woche für Woche werden Razzien durchgeführt; manchmal werden sie zweihundert Kilometer von hier abgeladen, aber spätestens am darauffolgenden Tag stehen sie wieder an ihren strategischen Plätzen. Langsam fühle ich mich wirklich überfordert, Monsieur le Directeur."
Kéba erzählte Mour Ndiaye nicht, was er jedesmal empfand, wenn ihm ein Bettler seine Hand entgegenstreckte. Er sprach nicht über den Kloß im Hals, an dem er fast erstickte, wenn unsaubere Hände bis in seinen Wagen drangen, sobald er die Ungeschicklichkeit beging, das Fenster herunterzukurbeln. Er erwähnte auch die Gewissensbisse nicht, die er hatte, sein eigens von ihm selbst aufgestelltes Prinzip zu befolgen, das ihm vorschrieb, den Bettlern das Almosen zu verweigern. Das tat er nicht aus Boshaftigkeit oder aus Egoismus, sondern weil er schockiert war zu sehen, wie menschliche Geschöpfe – so arm sie auch sein mochten – ihre eigene Würde beschmutzten, indem sie auf so schmähliche und unverfrorene Weise um Almosen baten. Er vergaß, daß der Hunger und das Elend einige von ihnen zum Betteln zwangen, womit sie den Wohlhabenden in Erinnerung riefen, daß auch sie existierten.
„Kéba, da gibt es nichts zu verstehen, man muß alles daransetzen, damit diese Menschen da ver-

schwinden. Davon hängt der gute Ruf unserer Behörde ab. Soll es etwa so weit kommen, daß man uns der Inkompetenz, der Unfähigkeit bezichtigt?"

Das Auge Kébas ruhte auf dem schweren silbernen Siegelring, der den linken Ringfinger von Mour Ndiaye schmückte und in den kabbalistische Zeichen eingraviert waren.

„Du bist dir dessen bewußt", fuhr dieser fort, „daß ihre Anwesenheit dem Ansehen unseres Landes schadet; es ist eine Plage, die es, in der Stadt zumindest, unbedingt zu verstecken gilt. Dieses Jahr ist die Zahl der Touristen im Vergleich zum Vorjahr deutlich gesunken, und es ist gar nicht ausgeschlossen, daß diese Leute mitverantwortlich dafür sind. Wir können es doch nicht zulassen, daß sie uns überwuchern, daß sie die öffentliche Gesundheit und die Volkswirtschaft bedrohen!"

„Gut, Monsieur le Directeur, wir werden einen wirksamen Interventionsplan auf die Beine stellen. Sie können mir vertrauen, Monsieur le Directeur."

Mour Ndiaye wußte, daß er sich auf Kéba verlassen konnte. In den sechs Jahren, in denen er nunmehr sein Vorgesetzter war, hatte er Zeit genug gehabt, seine Fähigkeiten schätzen zu lernen: Er war gewissenhaft, aufrichtig, ein echtes Arbeitstier, und er war kein einziges Mal in sechs Jahren aus ungerechtfertigten Gründen von der Arbeit ferngeblieben. Noch nie war er mit der Bitte um einen kleinen Vorschuß zu ihm gekommen, unter dem Vorwand, daß es schwer sei, das Monatsende zu überstehen, oder daß es ganz unmöglich sei, in den augenblicklichen harten Zeiten über die Runden zu kommen. Das waren alles Gründe, aus denen Mour Kéba sehr schätzte. In Wirklichkeit war nämlich Kéba der Kopf der Behörde. Mour war vor allem aus politischen Gründen an diese Stelle berufen worden: Auf diese Art und Weise dankte ihm die politische Führung für seine Vergangenheit als kompromißloser Mitstreiter innerhalb der Partei. Er war sich dessen bewußt, und dennoch setzte er seinen ganzen Stolz daran, die ihm entgegengebrachte Anerkennung auch redlich zu verdienen. Daher überließ er Kéba, von dessen Fähigkeiten er überzeugt war, sämtliche Aufgaben. Das Wichtigste für ihn war, daß die Dinge gut gemacht wurden, damit er einen Gewinn daraus ziehen konnte. Ihn interessierte mehr, die Titel zu besitzen und eine geachtete Persönlichkeit zu sein, und dafür benutzte er Kébas Fähigkeiten wie ein planmäßig handelnder Mensch, der weiß, was er erreichen will. Und wer wußte schon, ob diese Angelegenheit mit den Bettlern, wenn sie gut ausgehen sollte, nicht eine wunderbare Gelegenheit für eine Beförderung sein mochte?

O

Sie war holperig und kurvenreich, diese Piste nach Keur Gallo, einem abgelegenen Dorf mitten im Busch, doch Koulé kannte auch die unvermutetsten Ausweichmöglichkeiten. Nicht die geringste Beunruhigung, nicht das kleinste Anzeichen von Nervosität war ihm anzumerken, obwohl der stürmische Wind den Sand zu einer ockerfarbenen Staubwand vor der Windschutzscheibe des Mercedes aufwirbelte. Zu den Aufgaben Koulés gehörte es, die Frau seines Chefs ein- oder zweimal im Monat nach Keur Gallo zu fahren. Als hingebungsvolle und um die Zukunft ihres Mannes besorgte Ehefrau begab sich Lolli dorthin, um *Serigne*[2] Birama zu konsultieren. Mour Ndiaye kannte viele *Marabuts*[3], Serigne Birama aber war in seinen Augen der Unersetzliche, der Mann, der aufgrund seiner Uneigennützigkeit, seiner Weisheit und seiner Kenntnisse den uneingeschränkten Respekt, den er ihm entgegenbrachte, und das unendlich große Gefühl von Dankbarkeit, das er für ihn empfand, verdiente.

Keur Gallo zählte kaum mehr als fünfzig Seelen. Alles, was die Stille und Eintönigkeit unterbrach, war immer ein großes Ereignis. Deshalb kamen alle, die sich nicht aufs Feld begeben hatten, angerannt, als sie das Geräusch des Fahrzeugs vernahmen. Die Kinder, die eben noch um

[2] Ehrentitel, der bedeutenden religiösen, muslimischen Persönlichkeiten verliehen wird. Darüber hinaus Titel der Verehrung für Marabuts. (Ü)

[3] Mohammedaner, der die Lehre des Islam strikt befolgt und sich durch weitreichende religiöse Kenntnisse auszeichnet: Weiser oder Heiliger. Auf dem Lande ist er oft auch der Lehrer der Koranschule. Im afrikanischen Kontext werden ihm darüber hinaus häufig übernatürliche Fähigkeiten zugesprochen: Er ist Heiler, Zauberer, Hellseher, der in Verbindung zu den Göttern und Ahnen steht. Der Marabut wird in der Regel als Berater aufgesucht, um ein Umlenken des eigenen Schicksals oder das eines anderen zu bewirken. Dafür verlangt er vom Klienten meist, daß dieser ein Opfer darbringt. (Ü)

Serigne Birama herum versammelt Strophen aus dem Koran einübten, ließen ihre Korantäfelchen am Fuß des majestätischen *Baobabs*[4] liegen, der den Mittelpunkt des ganzen Dorfes bildete.
Lolli hatte sich bereits auf einen der Stühle, die die Hütte von Serigne Birama möblierten, niedergelassen, als er selbst erschien.
„*Sokhna*[5] Lolli, Badiane, *Badiane*[6]. Wie geht es den Leuten in der Stadt?"
„Sidibé, *Sidibé*[7]. Sie leben alle in Ruhe und Frieden, Sidibé."
Koulé ließ sich von zwei Männern beim Ausladen des Reissackes, des Kartons voller Milch, der Seifenstangen, des Zuckers und des Tees helfen, Geschenke, die Mour Ndiaye regelmäßig am Ende jeden Monats Serigne Birama zukommen ließ.
„*Jërejëf*[8]. Danke. Gott, der sieht, was ihr tut, wird euch belohnen. Und Mour? Wie geht es ihm?"
„Es geht ihm sehr gut, Gott sei Dank. Seine Arbeit nimmt ihn sehr in Anspruch. Dort in der

[4] Deutsch auch: Affenbrotbaum. Der charakteristische Baum West- und Ostafrikas. Der Name bedeutet „tausendjähriger Baum". In der Tat wächst er sozusagen ins Unendliche, zwar nicht sehr hoch (9-10 Meter), dafür kann sein Stamm bis zu 23 Meter Umfang erreichen. Er trägt gurkenförmige Früchte, deren trockenes Mark eßbar ist. Nicht selten wird der größte Baobab im Dorfe als Fetisch-Baum verehrt, in dessen Kronen die Götter und Ahnen sitzen. (Ü)

[5] Wolof: Im ursprünglichen Sinne der Ehrentitel für die Frau des Marabuts. Im allgemeinen als respektvolle Ehrbezeichnung für eine Dame verwendet. (Ü)

[6] Im Senegal gehört es zu den Gepflogenheiten, den Namen des Angesprochenen bei der Begrüßung zu wiederholen. (Ü)

[7] s. Anm. 6.

[8] „Danke" in Wolof. (Ü)

Stadt haben sie überhaupt keine Zeit. Er läßt dir ausrichten, daß er, obwohl er nicht selbst herkommen kann, jeden Augenblick an dich denkt. Vergiß nicht, ihn in deine Gebete aufzunehmen!"
Serigne Birama war sichtlich erfreut. Erfreut über all diese Geschenke von Mour Ndiaye, erfreut auch über die Treue dieses ehemaligen *talibé,* der ihn trotz seines Erfolgs nicht vergessen hatte.
„Wie könnte ich ihn in meinen Gebeten vergessen, ihn, der immer an mich denkt? Das Wort, das ich ihm einmal gegeben habe, gilt auch heute. Sage ihm folgendes: Er hat nichts zu befürchten, *inschallah*[9]; er wird immer nur vorwärts kommen. Er ist zum Herrschen geboren, das steht in seinen Sternen. Inschallah, er wird zu der kleinen Schar Menschen gehören, die das Schicksal des Landes in ihren Händen halten. Hier, fang diese Perle des Gebetskranzes!"
Serigne Birama ergriff die Perle, die sich zwischen zwei Fingern von Lolli befand, spuckte darauf, und indem er kaum vernehmbare Worte vor sich hinmurmelte, zählte er immer wieder die Perlen des Gebetskranzes. Als er sich schließlich ganz sicher war, legte er den Gebetskranz auf das Schaffell, das als Gebetsteppich diente, und sagte zu Lolli:
„Es ist klar. Was ich sehe, erscheint ganz klar. Ein Stern, der leuchtet und leuchtet... Wohlstand, Glück. Mour könnte eine sehr große Überra-

[9] Arabisch: So Allah will! Muslimischer Ausruf der Ergebung in Gottes Willen. In diesem Zusammenhang ist er eher im Sinne von „Gott sei Dank" gebraucht. (Ü)

schung erleben. Er soll einen Schafbock opfern. Es wird alles gut gehen, inschallah."
„Wir haben dir alles zu verdanken, Serigne. Du kannst sicher sein, daß unser Glück auch deines sein wird."
Diese letzten Worte, die Lolli aussprach, bevor sie sich von Serigne Birama verabschiedete, erklangen wie ein Widerhall dessen, was Mour Ndiaye gewöhnlich zu sagen pflegte:
„Meine gegenwärtige Situation habe ich Serigne Birama zu verdanken. Dieser Mensch ist wunderbar. Ich war ein Nichts, ein völliges Nichts, als ich ihn kennenlernte. Ich verdanke ihm alles, niemals werde ich ihm das vergelten können."
Ein völliges Nichts. Mour dachte oft an diese schweren Jahre, in denen er als Verwaltungsangestellter wegen einer heftigen Auseinandersetzung mit seinem Vorgesetzten gefeuert worden war. Er konnte die Schikanen und zuweilen groben Beleidigungen dieses Europäers nicht ertragen, der, weil er sich in erobertem Land wähnte, den Menschen weniger Achtung entgegenbrachte als Hunden. „Nein, lieber sterben, als sich von so einem Typen auf den Füßen herumtrampeln zu lassen; ich bin sicher, daß er bei sich zu Hause ‚ein Niemand ist'; also läßt er alles an uns, an den Negern aus, um sich selbst zu beweisen, einigermaßen wichtig zu sein. Oh nein! Das werde ich nicht hinnehmen. Ich bin doch ein Mann!"
Und eines Tages hatte Mour reagiert. Er hatte seinem Vorgesetzten zu verstehen gegeben, daß er nicht beleidigt werden wollte, und angesichts der spöttischen Miene des Vorgesetzten und des

glucksenden Gelächters seiner Brüder, dieser Verräter von Brüdern, hatte er rot gesehen und seinem armen Vorgesetzten, er wußte bis heute nicht, wie er das zustande gebracht hatte, eine deftige Ohrfeige auf die rosige Backe verpaßt. Vierzehn Tage Gefängnis. Jahre der Arbeitslosigkeit. Sogar seine Eltern straften ihn mit Nichtachtung. Es waren magere Zeiten, während denen er unter den Mangobäumen die Kühle des Schattens suchte oder in der kalten Jahreszeit mit der Sonne spielte.

All das war jetzt nur noch Erinnerung, oder besser, es zählte nicht mehr. Die Erinnerung, das war seine Begegnung mit Serigne Birama an jenem weit zurückliegenden glühend heißen Tag. Serigne Birama war in die Stadt gekommen, um sich einen Personalausweis ausstellen zu lassen, da das Gesetz nunmehr den Bürgern vorschrieb, einen solchen zu besitzen. Da er die offizielle Sprache weder lesen noch schreiben konnte, war er unfähig, sich im Straßenlabyrinth der Stadt zurechtzufinden. Von Durst und Müdigkeit zerschlagen, fand er den Weg zur Polizei nicht mehr, wohin er sich ein einziges Mal in seinem Leben begeben hatte, als er – wie alle übrigen Bewohner seines Dorfes – einem seiner Cousins, der in der Stadt wohnte und in eine Hehlereiangelegenheit verwickelt war, durch seine Anwesenheit moralischen Beistand hatte leisten müssen. Der Zufall hatte ihn in den Hof eines Hauses, unter einen Mangobaum geführt, an dessen wohltuendem Schatten Mour sich labte. Nach der üblichen Begrüßung stürzte Mour auf Bitten des Unbekannten sofort zu einem *Kanari*[10], der im hinteren Teil des Hofes in einer Ecke stand, und kam mit einem Gefäß voll Wasser zurück. Nichts war schön an dieser außen verrosteten Tomatenbüchse, die nun zum Wasserbehälter umfunktioniert war und deren Rand unregelmäßige Kanten und Zacken aufwies. Aber Serigne Birama schenkte dem keinerlei Beachtung. Als seine ausgetrockneten Lippen mit der belebenden Flüssigkeit in Berührung kamen, spürte er, wie die unaussprechliche Süße des Lebens sich seiner wieder bemächtigte. Aus tiefstem Herzen bedankte er sich bei Mour Ndiaye, der ihn anschließend bis zur Polizei begleitete. So konnte er sich die Füße ein wenig vertreten und einige freundliche Worte mit einem Gesprächspartner wechseln, der ihm das Gefühl gab, sich seines Müßigganges nicht schämen zu müssen.

„Wie ist dein Name?"

„Mour Ndiaye."

Während Serigne Birama mit gesenktem Kopf neben Mour einherging, beobachtete dieser seinen Begleiter: groß, dünn, mit hellem Teint, einen Strohhut auf dem Kopf und mit einem weitärmeligen weißen Kaftan bekleidet, unter dem man einen mit Indigo gefärbten *Turki*[11] vermutete; er machte einen viel älteren Eindruck als die dreißig Jahre, die er tatsächlich zählte, so sehr strömte

[10] Französisch: Canari. Gefäß aus gebranntem Ton, das meist als Behälter für Trinkwasser genutzt wird. Darin bleibt es immer kühl und frisch. (Ü)

[11] Kleidungsstück, das unter einem Kaftan oder einer Art Tunika getragen wird. (A)

sein ganzes Wesen den Duft der Reinheit, ja gar der Heiligkeit aus, etwas, was man gewöhnlich nur bei Menschen finden kann, die schon einen Großteil ihres Weges gegangen sind und deren Leben dem Guten und dem Gebet gewidmet ist. Solche Menschen, die sich auf die moralische Vollkommenheit stützen, die ihnen innewohnt, scheinen von einer anderen Welt zu sein. Dieser strenge Gesichtsausdruck, der eher Bewunderung als Ängstlichkeit hervorrief, diese kleinen lebhaften Augen mit fast hypnotischer Wirkung, diese ausgedörrten Hände, deren kurzgeschnittene Fingernägel wie hauchdünne weißliche Häutchen aussahen, so lange war schon der kleinste Schmutz von ihnen ferngehalten worden.

Schließlich war es das ganze Wesen dieses Menschen, das in Mours Kopf eine Menge Fragen auslöste, die er aus Anstand und Diskretion für sich behielt. Woher mochte dieser Mensch wohl kommen? Wer war er? Was dachte er? . . .

„Die Stadt ist schon erstaunlich. Ihr verbringt eure Zeit damit zu rennen. Das Leben stürzt sich von einer Komplikation in die andere."

„Gewiß", entgegnete Mour Ndiaye. „Die Dinge werden immer schwieriger."

„Die Leute rennen und rennen. Sie haben keine Zeit mehr, einen Moment innezuhalten, um einem Menschen aus dem Dorf den Weg zu weisen. *Céy yalla*[12]! Nach Gott hast du mir eine wertvolle Hilfe geleistet. Der Durst hätte mich fast umge-

[12] Wolof: Ausdruck der Verwunderung, der Entmutigung, des Mitleids oder der Verzweiflung. „Céy" bedeutet in etwa „leider". „Yalla" ist die Ableitung des arabischen Wortes für Allah. (Ü)

bracht... Gott, der deine Wünsche kennt, möge sie alle erfüllen. Wenn du eines Tages die Möglichkeit hast, nach Keur Gallo zu kommen, dann tue es! Der Erstbeste, den du nach Serigne Birama Sidibé fragst, wird dich bis in mein Haus führen."
Seit dem Tag waren etwa zwanzig Jahre vergangen. Niemals hatte Mour einen Grund gehabt, an Serigne Birama Sidibé zu zweifeln.

II

Alle Bettler der Stadt waren im Hof von Salla Niang versammelt, um an der täglichen Auslosung der „Tontine" teilzunehmen: Jeder brachte einen Einsatz von hundert *Francs*[13] ein, und anschließend wurde der eingesammelte Gesamtbetrag – fünftausend Francs – der Reihe nach einem der Mitglieder ausgezahlt. Jeder hatte das Recht, zwei oder drei Einsätze zu machen und konnte ebensooft „gewinnen". Salla Niang überwachte den Vorgang als unnachgiebige Kassenführerin. Sie war eine Frau von Format; sie wußte, wie sie die Querulanten zur Ordnung rufen mußte, die zuweilen behaupteten, daß der Bettelerlös vom Tage keine hundert Francs ergeben hätte.

„Es tut euch weh, das Geld herauszugeben, nicht wahr! Aber wenn es darum geht, welches abzukassieren, *Bissimilaï*[14], dann seid ihr ganz glücklich! Jetzt hört mir mal gut zu: Bringt mich nicht so weit, daß ich es mir selbst holen muß, hört ihr! Rückt schon mit dem Geld heraus! Ich akzeptiere keinen, der mit seinem Betrag zurücksteht. Ihr

[13] Der Franc C.F.A. ist die offizielle Währung in zahlreichen Ländern Schwarzafrikas (ehemalige französische Kolonien). Fünfzig Francs C.F.A. entsprechen einem französischen Franc. Hundert Francs entsprechen also zwei französischen Francs. (Ü)

[14] Arabisch: In Gottes Namen! Beschwörung, die je nach Kontext unterschiedliche Bedeutungen haben kann. In diesem Zusammenhang entspricht sie einer Aufforderung, im Sinne von: „Gebt es doch zu!" (Ü)

könnt mir nichts erzählen! Selbst an den schwierigsten Tagen sind es mehr als hundert Francs."
„Das ist nicht überall so!" traute sich einer aus der Versammlung dem entgegenzusetzen.
„Lernt erst einmal die Wahrheit zu sagen! In welchem Viertel der Stadt ist die erste morgendliche Geste nicht die, das Almosen zu geben? Sogar in den Vierteln der *Tubabs*[15] folgen die schwarzen und auch die weißen Tubabs diesem Brauch. Wenn ihr mir jetzt mit den Armenvierteln kommt, dann habt ihr euch geschnitten: Jedermann weiß, daß die Armen leichter geben als die Reichen. Nun rückt schon mit dem Geld heraus, ihr Geizhälse!"
Salla Niang saß auf einem Stuhl, beide Hände in einer auf ihren Knien liegenden Schwinge, und alle lachten, als sie von der Schwelle ihres Zimmers aus das Wort an die eindrucksvolle Masse der *boroom bàttu*[16] richtete, die den Hof des Hauses füllte, während sie gleichzeitig das Geld in der Schwinge nachzählte. Eine Vielzahl Männer und Frauen jeden Alters war da versammelt: große und kleine, behinderte und nichtbehinderte, die sich alle mit ausgestreckter Hand ihren kümmerlichen Lebensunterhalt verschafften. Nguirane Sarr war da, der Blinde, der immer eine Krawatte umgebunden hatte, mit dem gestärkten

[15] Allgemeine Bezeichnung für alle weißhäutigen Menschen, insbesondere die Franzosen. Die Araber sind davon ausgenommen. Hier sind zusätzlich auch die Schwarzen gemeint, die sich wie Weiße gebärden. Das Wort hat eine unterschwellige negative Konnotation. (Ü)

[16] Wolof: die Bettler. Als Gefäß für die Almosen, um die sie bitten, dient ihnen eine kleine Kalebasse, das „bàttu". (A)

und speckigen Kragen, der goldumrandeten Sonnenbrille, dem ewig dunkelblauen Anzug und dem weißen Stock. Er hatte etwas Distinguiertes, dieser Nguirane Sarr. Vielleicht lag es daran, daß er seinen Kopf immer hochaufgereckt und leicht nach links gebeugt hielt. Sein strategischer Standort war der runde Platz am Präsidentenpalast, wo er die wunschträchtigen Münzen entgegennahm, Symbol der letzten barmherzigen Tat vor der Audienz beim Präsidenten der Republik. Das Almosen öffnet die Tore, noch eine letzte Münze, damit das Tor zum Herzen des Präsidenten geöffnet wird.

Inmitten der maskenhaften Gesichter mit finster vorstehenden Augen, inmitten der Köpfe mit filzigem Kraushaar und der Gliedmaßen, die von galligen Eiterbläschen übersät, von Lepra zerfressen waren, inmitten der Lumpen, die die Körper, die schon sehr lange nicht mehr mit Wasser in Berührung gekommen waren, kaum noch verhüllten, inmitten der Krücken, der Stöcke und der *bàttu*[17] lächelten goldige kleine Geschöpfe dem Leben vergnügt entgegen. Glücklich, im Rhythmus der aneinanderstoßenden Zinngefäße umherzwitschern zu können.

In der quirligen Menschenmenge war auch der alte Gorgui Diop zu sehen, der Mann, der die Kunst beherrschte, den Obolus dank seines ungewöhnlichen Sinns für das Komische den Leuten zu entreißen. Er hatte eine drollige Art, die Posse des alten Mannes zu spielen, der in ein kleines

[17] Wolof: die Kalebasse der Bettler (siehe oben). Das Wort wird im nachfolgenden Text so übernommen. (Ü)

Mädchen vernarrt ist: Er allein stellte die drei Ehefrauen dar, wie sie sich auf sehr schlüpfrige Art über die Schrullen ihres Mannes lustig machen, den Greis, der sich ein jugendliches Aussehen gibt, und schließlich das kleine schelmische Mädchen, das dem verliebten Greis, nachdem es ihn bis aufs letzte geschröpft hat, einen Tritt in den Hintern verpaßt. Gorgui Diop war in der ganzen Stadt bekannt, und manche Leute machten sich extra auf den Weg, um ihn vom fünfundzwanzigsten eines jeden Monats bis zum zehnten des darauffolgenden Monats vor „seiner“ Bank, oder vom elften eines jeden Monats an auf „seinem“ Marktplatz zu sehen.

Nach der Auslosung ging man zum Verkauf der Waren über: Reis, Zucker, Hirse, Plätzchen, Kerzen, manchmal einige Hühner. Einzige Käuferin war Salla Niang, die dreißig Prozent Rabatt bekam und so den dem Haus angegliederten Laden beliefern konnte, den ihr Mann führte. Sie war durch und durch Geschäftsfrau, diese Salla Niang, die früher Hausmädchen gewesen war und an dem Tag zu betteln anfing, an dem sie Zwillinge zur Welt brachte. Einer ihrer Dienstherren war ihr bei der Beschaffung einer *parcelle assainie*[18] behilflich gewesen, auf der sie dank des Erlöses aus der Bettelei ein Haus bauen konnte. Die Zwillinge waren groß geworden: Jetzt

[18] Französisch: kleines Grundstück mit Haus in einem Landstrich, der erst kürzlich erschlossen oder bebaufähig gemacht wurde. Der Eigenname bezeichnet ein Viertel in den Außenbezirken von Dakar, das zur Unterbringung meist minderbemittelter Familien erschlossen und in einzelne Parzellen unterteilt ist. (Ü)

begnügte sie sich damit, ein wenig abseits vor „ihrem" Krankenhaus zu sitzen, ihre Kinder auf die Jagd nach Besuchern und Kranken loszuschicken und sie zu überwachen. Sie mischte sich nur dann ein, wenn Konkurrenten, die ihnen im Alter überlegen waren, Anstalt machten, sie schamlos auszurauben.

Oft waren es die Neulinge, die sich auf dieses unehrenhafte Spiel einließen, denn die altansässigen Bettler des Platzes respektierten das herrschende Gesetz, und auch wenn das Gedränge heftig war und die Hände unter der Nase des Almosengebers zusammenstießen, der aufs Geratewohl einige Münzen in die Menge warf, um sich einen Weg bahnen zu können, nahm jeder nur das an sich, was ihm in die offene Hand fiel.

An diesem Tag fehlte nur einer bei Salla Niang: Madiabel, der Hinkefuß. In seinem Heimatdorf war er Schmied gewesen. Ein *baay jagal*[19]. Aber die Risse an den Kesseln, die er hätte abdichten, und die Griffe der alten Kochtöpfe, die er hätte erneuern können, waren immer seltener geworden. Die Öfen verkauften sich nicht mehr, da der Zwischenhändler, der sie abholte, um sie in der Stadt zu vertreiben, eines Tages verschwand, ohne ihm das Entgelt für die Arbeit eines ganzen Jahres zu entrichten. Um seine zwei Ehefrauen und seine acht *Holzstücke*[20] ernähren und kleiden zu

19 Wolof: Kesselflicker. (A)

20 Wortwörtliche Übersetzung des französischen Ausdrucks. Gemeint sind die Kinder. Nach einem Aberglauben soll man „Holzstücke" statt lebende Wesen zählen, um nicht das Schicksal herauszufordern. (Ü)

können, beschloß Madiabel seinerseits in die Stadt zu gehen. Er konvertierte zum *boroom bàttu,* zwar ohne *bàttu,* aber mit ausgestreckter Hand. Die Geschäfte liefen wieder besser, und er schickte seiner Familie regelmäßig das Nötige an Essen und Kleidung.

Salla Niang gab der Versammlung seine Abwesenheit an diesem Tag gleich zu Anfang bekannt:

„*Gaa ñi am na lu xew* – es ist etwas passiert. Habt ihr schon davon erfahren?"

„Was ist passiert?"

„*Lu xew waay?*[21]"

„*Mbaa jamm la?*[22]"

„Madiabel", antwortete Salla, „hatte einen Unfall."

„*Asbunalla! Céy waay!*[23]"

„Wie ist das passiert?"

„Wo hatte er diesen Unfall?"

„*Mbaa deewul?*"

„*Céy waay!*"

„Ich weiß nicht, ob er tot ist oder nicht", antwortete Salla. „Angeblich hat sich der Direktor ‚seines' Hotels beschwert, was für Drecksäcke diese Leute doch sind. Er hat sich bei der Polizei beschwert, die daraufhin eine Razzia durchgeführt hat. Beim Versuch davonzukommen rannte er blindlings auf die Straße, als ausge-

[21] Wolof: Was ist passiert? (Ü)

[22] Wolof. Wortwörtlich: Bedeutet das Frieden? (Ü)

[23] Der erste Ausruf stammt aus dem Arabischen und bedeutet soviel wie: Gott möge uns verschonen! Der zweite ist in Wolof und drückt Schmerz und Mitleid aus. (Ü)

rechnet in diesem Moment ein Auto angerast kam."

„Nein, diese Razzienmacher, die gehen uns gehörig auf die Nerven. *Ndéysaan, ndéysaan*[24], Madiabel. Er hätte nicht losrennen dürfen, das kann er doch nicht machen! *Xana daal atte yalla la!*[25] Das ist ein Schicksalsschlag. Das kann nur ein Schicksalsschlag sein."

„Was bleibt einem auch anderes übrig, außer wegzurennen, wenn man nur ein einziges Mal in seinem Leben gespürt hat, wie das Feuer ihrer Peitschen auf der Haut brennt! Mir geht es so, sobald ich sie erblicke, verdrücke ich mich. Die sind verrückt, sie schlagen wie die Wahnsinnigen, man könnte fast meinen, daß sie in ihrem Zorn ganz vergessen haben, daß wir Menschen sind."

„Es gibt aber auch einige, die nett sind", sagte Salla Niang. „Mich haben sie nie bei einer Razzia gefaßt, sie haben mich nie geschlagen. Wenn ich sie kommen sehe, dann rücke ich mir mein Kopftuch wieder zurecht, ich mache es mir noch bequemer auf meiner Bank und sage den Kindern, sie brauchen keine Angst zu haben und sollen nicht davonrennen."

„Sie halten dich nicht für eine Bettlerin, das ist der Grund. Das ist doch klar, mit deinen schönen, immer sauberen und gut gebügelten *Bubus*[26],

[24] Wolof. Ausruf, der je nach Kontext Bewunderung oder, wie hier Mitleid und Erbarmen ausdrückt. Es entspricht im Deutschen etwa dem Ausruf: „Wie traurig!", „Der Arme!" (Ü)

[25] Wolof: Das ist Gottes Wille! (Ü)

[26] Französisch: boubou. Weites, mehr oder weniger langes Gewand, das wie eine Tunika aussieht und traditionell von Männern wie von Frauen in West- und Ostafrika getragen wird. (Ü)

deinen Kindern, die du kleidest, als gingen sie auf ein Fest, wie soll man da ahnen, daß du bettelst?"
Alle brachen in schallendes Gelächter aus. Der arme Madiabel war vergessen. In diesem Augenblick lief Narou, der Ehemann von Salla mit einem Wasserkessel vorbei, um seine rituelle Waschung vorzunehmen; er war sehr glücklich über diese Komplimente, die seiner Frau galten. Sie besaß schöne Bubus, Salla, und sie standen ihr ausgezeichnet. Das war aber nicht alles, da waren die strahlend weißen Perlenketten unter einem makellosen *beeco*[27], die ihre Hüfte schmückten, was die Frauen von heute verachteten, wobei sie ganz vergaßen, daß sie damit auch einen Teil ihrer Würze verloren. Das Rasseln dieser Perlen in der Stille der Savannennächte, eingehüllt in verführerische Rauchschwaden von *cuuraay*[28] und den behexenden Duft von *gongo*[29], welch unbeschreibliches Glücksgefühl für Narou!
„Die Klatschbasen des Viertels", sagte er zu sich selbst, „werden dies nie verstehen können."
„Narou ist schwach."
„Salla Niang ist es, die die Hosen anhat."
„Er ist nicht einmal ein ehrenwerter Mann."
„Sie können mir meinetwegen noch Übleres nachsagen, was mich aber mit Salla verbindet, das wird keine von ihnen jemals erfahren."

[27] Wolof: kleines Hüfttuch, das unter einem größeren Hüfttuch getragen wird. (A)
[28] Wolof: Weihrauchkörner, die verbrannt werden. (A)
[29] Wolof: Weihrauchkörner, die in einem leichten Stück Stoff getragen werden. (A)

III

Die roten Punkte, die wir hier sehen, sind die wichtigsten strategischen Standorte. Dieses Mal müssen wir durchhalten, unerbittlich bleiben, pausenlos eine Razzia nach der anderen durchführen. Nicht mehr nur einmal in der Woche, sondern täglich. Ja, täglich. Alle Mittel stehen uns zur Verfügung: die Mannschaften, Fahrzeuge, Treibstoff. Diese Leute müssen aus dem Verkehr gezogen werden."

Kéba Dabo richtete das Wort an etwa zwanzig Männer, die sich in seinem Büro im achten Stock eines Hochhauses versammelt hatten, das allen Komfort bot, mit Marmor ausgelegt war und wo man schwerlich auch nur eine einzige Mücke hätte herumfliegen sehen können. Alle Männer waren mit einem Notizblock und einem Kugelschreiber ausgestattet und verfolgten aufmerksam den Weg, den das Lineal auf der Karte beschrieb, die an einer der Wände neben Gemälden von großen Meistern und orientalischen Wandbehängen angebracht war. Bei den Männern handelte es sich um die Einsatzleiter der neuen Interventionsbrigaden, die kürzlich zusammengestellt worden waren.

„Fahren Sie ohne Unterbrechung durch die Stadt, bis sie völlig gesäubert ist. Der Chef besteht darauf. Er hat strikte Anweisungen seitens des Ministers bekommen."

„Ja, Monsieur Dabo, aber Sie wissen doch, was es bedeutet... Es ist wirklich nicht so einfach..."
„Aber dieses Mal ist es anders; sie müssen von allen Plätzen, auf denen sie sich aufhalten, vertrieben werden. Sie glauben, uns mit der Zeit mürbe machen zu können; sollte es notwendig sein, gegen sie vorzugehen, dann werden wir dies auch tun. Es ist ein schwerwiegendes Problem, verstehen Sie. Man kann sich nicht mehr frei bewegen, wir werden überall von ihnen angegriffen. Von jetzt an werden wir wie folgt vorgehen: Die Personalien all derjenigen, die bei Razzien gefaßt werden, sind systematisch aufzunehmen; dafür muß natürlich eine Kartei angelegt werden. Wenn sie zum ersten Mal bei einer Razzia gefaßt werden, müssen wir versuchen, sie zur Vernunft zu bringen. Wir müssen ihnen zu verstehen geben, wie entwürdigend es ist, sich in den Straßen zur Schau zu stellen und Gebrechen vorzuzeigen, um einen Profit daraus zu ziehen. Wir müssen den Bettlern beibringen, daß ihr Tun sie entehrt ..."
„Aber, Monsieur Dabo, das wäre reine Zeitverschwendung. Sie werden Ihnen nicht einmal zuhören. Sie werden uns vielmehr für verrückt erklären!"
„Wir müssen es trotzdem versuchen. Wenn sie rückfällig werden, sollen sie eine gehörige Tracht Prügel verpaßt bekommen, noch bevor sie nach Mbada verfrachtet werden. Dieses Dorf liegt dreihundert Kilometer von hier entfernt, und es bietet praktisch keinerlei Transportmittel; was können sie schon tun, um zurückzukommen?"

„Sie werden immer zurückkommen!"
„Wenn sie zurückkommen, dann werfen wir sie ins Gefängnis! Ja, genau das, ganz einfach ins Gefängnis."
„Aber auch da stellt sich ein Problem", gab ein anderer Mann zu bedenken. „Die Gefängnisverwalter beschweren sich; sie sagen, sie hätten keinen Platz mehr und die Leute würden auf die Dauer ganz schön teuer."
„Hören Sie, meine Herren, ich denke, wir verstricken uns in überflüssigen Diskussionen. Ich für meinen Teil bin davon überzeugt, daß wir es mit den täglich durchgeführten Razzien, mit unserem Appell an ihre Vernunft und ihre Menschenwürde, mit der Strafversetzung nach Mbada schaffen werden, sie verschwinden zu lassen. Diese Leute sind ja keine Bestien, sie sind immerhin Menschen!"
Kéba Dabo war zuversichtlich. Jedesmal, wenn ihm der Gedanke eines möglichen Scheiterns durch den Kopf ging, verscheuchte er ihn, indem er fieberhaft den Kopf schüttelte. Wir müssen diese Leute verschwinden lassen. Es war für ihn zur fixen Idee geworden. Ihn plagten schon fast krankhafte Vorstellungen, wenn er durch die Stadt fuhr: Die Angst, einem von ihnen zu begegnen, saß ihm im Nacken, wie jener berühmte Kloß im Hals, an dem er fast erstickte, wenn er das Pech hatte, daß ihm einer von ihnen über den Weg lief. Seine Sekretärin, die bildschöne Sagar Diouf, zu der er gewissermaßen in einem freundschaftlichen Verhältnis stand, hatte ihm gesagt, daß er sich wegen einer simplen Bettlergeschichte

doch nicht so viel Mühe zu machen brauchte. Sie hatte es satt, ihn immerfort von „diesen Leuten, die die Luft der Stadt vergiften" reden zu hören. Mittlerweile war es sein einziges Gesprächsthema. So viele zu tippende Briefe, daß einem die Finger davon schmerzten, diese Vorladungen, die verschickt, diese Benachrichtigungen, die versandt werden mußten, und das alles nur wegen der Bettler! Das war doch total verrückt!

Und auch an diesem Tag, nachdem Kéba Dabo seine Einsatzleiter zum Ausgang begleitet hatte und freudestrahlend mit den Worten: „Diesmal werden wir es schaffen! Wir werden sie kriegen!" vor dem Schreibtisch seiner Sekretärin stehenblieb, entgegnete Sagar:

„Weißt du, Kéba, du verschwendest deine Zeit mit den Bettlern. Es gibt sie schon seit der Zeit unserer Ururgroßeltern. Du hast sie in der Welt vorgefunden, und da wirst du sie auch lassen. Du kannst nichts gegen sie tun. Was für ein Einfall auch, sie verjagen zu wollen. Was haben sie dir angetan?"

„Du kannst das nicht verstehen, Sagar. – Empfindest du denn nichts, wenn sie dich ansprechen? – Nein, sie sprechen dich nicht an, sie überfallen dich, sie greifen dich an, sie springen dich an! Das ist es, sie springen dich an! Empfindest du nichts, wenn sie dich so anspringen?"

Sagar lächelte, strich ihr schwarzes krauses Haar mit beiden Händen glatt, rückte ihren Ausschnitt zurecht.

„Was soll ich schon dabei empfinden? Wenn ich etwas zu geben habe, dann gebe ich es ihnen, wenn nicht, gehe ich weiter meines Weges. Das ist alles. Und außerdem, die Religion legt einem nahe, die Armen zu unterstützen; wie könnten sie auch sonst leben?"

„Die Religion schreibt vor, den Armen zu helfen, aber sie schreibt diesen nicht vor, ihren Nächsten um seine Ruhe zu bringen. Hörst du, verstehst du das? Du bist es und Menschen deines Schlages, die diese Plage fördern. Hat die Religion jemals demjenigen Menschen ihren Segen gegeben, der sich von aller Scham lossagt?"

Sagar brach in schallendes Gelächter aus und klatschte dabei mehrmals in die Hände. Es überkam sie einfach. Sie konnte sich nicht vorstellen, wie jemand sich so leidenschaftlich für eine so banale Geschichte, wie es die der Bettler war, einsetzen konnte. Sie fand, daß Kéba immer mehr übertrieb.

„Aber sag mir noch eins, Kéba, ich frage dich nur eine Sache: Wie sollten sie leben können, wenn sie nicht betteln gingen? Ach nein, sag mir noch etwas: Wem könnten die Leute dann das Almosen entrichten? Denn man muß es ja wohl entrichten, dieses Almosen, das ein von der Religion vorgeschriebenes Gebot ist."

Kéba antwortete nicht. Er mochte nicht nach Antworten auf diese Art von Fragen suchen; er ging ihnen lieber aus dem Weg, denn ihm ging es tatsächlich darum, die Straßen freizumachen, damit die Befehle seiner Vorgesetzten erfüllt wurden und er sich von diesem Ekel befreien konnte, den der Anblick der Bettler in ihm hervorrief.

Er lockerte seinen Krawattenknoten, betrat sein Büro und ließ sich in den Sessel fallen. Er hatte das Gefühl zu ersticken. Die Ader, die quer über seine Stirn lief und sich dann in seinem dichten Haar verlor, trat sichtbar hervor. Sagar Diouf hatte ihn einmal mehr außer sich gebracht, aber er hielt sich bewußt zurück, sie nicht mit allen erdenklichen Schimpfnamen zu belegen. „Sagar ist nicht boshaft, ganz im Gegenteil... Aber die ernsthaften Probleme entgehen ihr... Wie auch meiner Frau... Die Frauen interessieren sich mehr für die oberflächlichen Dinge... Wir müssen ihnen beibringen, Verantwortung zu übernehmen... Es ist nur eine Frage von Erziehung... Schöne Kleider, großartige Zeremonien, Belanglosigkeiten... Nein, so darf das nicht weitergehen... Aber da ist auch das Problem, daß viele Männer Frauen mit Köpfchen, wie man so sagt, nicht mögen; sie stellen eine Bedrohung für ihre Vormachtstellung dar. Frauen, die sich selbst und den anderen keine Fragen stellen, das ist es, was diese hochmütigen Kerle brauchen, die mit ihren Frauen spielen wie mit einer Puppe... Sagar sieht wirklich aus wie ein Puppe, mit ihren Grübchen in den Wangen. Sie ist schön wie eine Puppe... Ich weiß nicht, was ihren Ehemann dazu gebracht hat, sie fallenzulassen..."

O

*D*as Telefon klingelte.

„Hallo, ja. Hallo, Monsieur le Directeur... Guten Tag, Monsieur le Directeur, ja, es geht...

Ich bin glücklich, daß Sie es selbst feststellen konnten. Das wird in allen anderen Vierteln der Stadt auch so sein. In kurzer Zeit wird man sie überhaupt nicht mehr sehen. Danke, Monsieur le Directeur. Auf Wiedersehen, Monsieur le Directeur."

Mour Ndiaye frohlockte. Er spürte all den Nutzen, den er aus dem Erfolg dieser Aktion ziehen konnte. Er war durch das Verwaltungsviertel gefahren, hatte einen Blick auf die Straßenecken, die Bürgersteige, die Plätze vor den Verwaltungsgebäuden geworfen, und er hatte keinen Bettler entdecken können. „Kéba ist phantastisch; er hat nicht seinesgleichen."

Einige Tage später beschloß er, Serigne Birama einen Besuch abzustatten. Er saß wie immer im Schatten des majestätischen Baobabs und las die Heilige Schrift des Korans. Mour Ndiaye nahm ihn in seinem Wagen mit, um ihm die zweihundert Meter Weg zu seiner Wohnstätte zu ersparen. Der Sack Reis, die zehn Kilo Zucker, der Karton mit Milch, der Tee, die Kolanüsse und die Päckchen mit Kerzen füllten den Kofferraum des Wagens.

Im weiträumigen Innenhof des Hauses saß eine der Frauen von Serigne Birama, umgeben von großen, mit Hirsemehl gefüllten Kalebassen. Sie rollte den Kuskus. Mour Ndiaye begrüßte sie mit viel Wärme und warf ihr einen Tausendfrancsschein zu; sogleich erhob sie sich, bedankte sich überschwenglich bei ihm und überhäufte ihn mit guten Wünschen für die Zukunft. Anschließend traten Mour und Serigne Birama in die Hütte, in der Serigne Birama seine Kunden empfing.

„Serigne, wie geht es dir?"
„*Maangi sant* – ich danke dem Schöpfer. *Jërejëf.* Nach Ihm danke ich dir. Er allein weiß, was du begehrst, möge Er deine Wünsche in Erfüllung gehen lassen."
„*Amiin, amiin*[30], Sidibé! Und meine ‚Geschäfte', hast du sie immer noch ‚im Auge'?"
„Du brauchst dir darum keine Sorgen zu machen. Du kannst dich damit begnügen, jeden Augenblick *amiin* zu sagen. Wenn die Gebete, die ich für deinen Schutz und deinen Wohlstand verrichte, Regentropfen wären, wärst du schon längst ertrunken. Mour, du kannst dem lieben Gott danken."
„*Waawaw*[31]. Ich danke dem lieben Gott, und ich bin dir dankbar. Was ich für dich empfinde, das vermag meine Zunge nicht auszudrücken. Mein ganzes Vertrauen liegt in dir. Deshalb möchte ich dir noch eine wichtige Sache mitteilen. Du hast immer von allen meinen Schwierigkeiten erfahren. In letzter Zeit mußte ich mich im Kampf gegen die Bettler einsetzen, und das ist auch der Grund, weshalb ich schon recht lange nicht mehr zu dir gekommen bin."
„Du kämpfst gegen die Bettler, ausgerechnet du, der so gerne gibt? Warum kämpfst du überhaupt gegen die Bettler?"
„Nein, das heißt, ich bin es nicht direkt... Es ist eine Sorge, die alle Verantwortlichen der Stadt

30 Entspricht dem deutschen „Amen", „So sei es!" (Ü)
31 Wolof. Die kürzere Form „waaw" bedeutet „Ja". Das langgezogene „waawaw" ist ein insistierendes „Ja". (Ü)

beschäftigt. Die Bettler beeinträchtigen ein wenig die Sauberkeit der Stadt..."

„*Céy yalla!* Die Stadt ist dabei, Unmenschen aus euch zu machen, sie verhärtet eure Herzen derart, daß ihr nicht einmal mehr Mitleid mit den Schwachen habt. Aber Achtung, Mour, Gott hat gesagt: Du darfst die Armen nicht zurückstoßen."

„Serigne, darum geht es gar nicht. Wie kann ich dir das erklären? – Es ist folgendermaßen: Jetzt fangen die Leute an, die sehr weit weg wohnen, *waa bitim rééw*[32], vor allem die Tubabs, sich für die Schönheit unserer Länder zu interessieren. Man nennt sie Touristen. Früher, weißt du, kamen sie, um uns auszurauben; heute kommen sie, um sich bei uns zu erholen, indem sie hier das Glück suchen. Deshalb haben wir Hotels, Dörfer, Kasinos errichtet, damit wir sie empfangen können. Diese Touristen geben eine Menge Geld aus, um zu uns zu kommen, und es gibt sogar spezielle Firmen dort in Europa, die sich darum kümmern. Wenn diese Touristen die Stadt besuchen, werden sie von den Bettlern bestürmt, und es besteht die Gefahr, daß sie nicht wiederkommen oder eine schlechte Meinung über uns verbreiten, so daß diejenigen, die die Absicht hatten zu kommen, entmutigt werden."

„*Céy yalla!* Ich verstehe gar nichts. Ihr, die Leute aus der Stadt, ihr versteht etwas von diesen Problemen. Dann ist es also so, daß dort niemand mehr betteln darf?"

[32] Wolof: Die Leute aus Europa und den USA. (A)

„Serigne, die Zeiten haben sich geändert; jetzt sind wir für die Zukunft unseres Landes verantwortlich. Wir müssen alles bekämpfen, was dem Aufschwung des Tourismus und der Wirtschaft schadet."
Mour hatte Serigne Biramas Verärgerung gespürt, und er wußte, daß ihn seine langen Ausführungen nicht überzeugt hatten.
„Serigne, was wir im Grunde wollen ist, daß sich alle an die Arbeit machen. Um die Faulheit nicht noch weiter zu fördern, ermahnen wir jeden einzelnen, sich an die Arbeit zu machen."
„*Ligééy dé mooy dëgg*[33]. Jeder Mensch hat die Pflicht zu arbeiten!"
Möglich, daß Mour die hungernden Behinderten und Greise vergessen hatte. Aber für ihn war das sowieso nicht wichtig.
„Genau so ist es. *Ligééy dé mooy dëgg.* Wir verjagen sie von den Straßen der Stadt, damit sie arbeiten. Es war eine sehr schwierige Aufgabe, sich gegen eine so hartnäckige Plage zur Wehr zu setzen. Wir haben jahrelang durchgehalten, und jetzt haben wir, Gott sei Dank, wie ich meine, endgültig gesiegt. Mein Minister hat mich angerufen, um mir die Glückwünsche des Präsidenten auszurichten... Es ist nicht leicht, die Glückwünsche des Präsidenten zu erhalten, er ist so anspruchsvoll! Wenn er aber schon einmal die Güte hat, jemanden zu beglückwünschen, dann heißt das, daß er wirklich zufrieden ist."

[33] Wolof: Man muß arbeiten. Wortwörtlich: Arbeiten, das ist ganz normal. (Ü)

„Es wird nicht nur bei den Glückwünschen des Präsidenten bleiben, inschallah."
„Inschallah. Der Präsident möge an mich denken! Serigne Birama, ich verberge dir nichts. Der Präsident hat, es ist einige Monate her, gesagt, daß er einen Vizepräsidenten berufen würde. Jetzt geht das Gerücht um, daß die Entscheidung unmittelbar bevorsteht. Ich möchte, daß du mit deinen Gebeten bewirkst, daß der Präsident an mich denkt."
„Nichts ist für den Schöpfer unmöglich. Alles gehört Ihm und Er macht keinen anderen Gebrauch davon, als es Seinen Geschöpfen zu schenken."
„Alles, was du mir sagst, glaube ich dir."
Mour Ndiaye glaubte das wirklich. Wer hätte ihn jemals davon überzeugen können, daß er soweit kommen würde, wie er heute war! Ach ja, diese arbeitsreichen Jahre bei der Westafrikanischen Handelsgesellschaft[34], in denen er es schwer hatte, über die Runden zu kommen. Seine Wangen waren eingefallen, sein Blick immer verängstigt. Er besaß ein einziges Hemd, das er des Nachts wusch und an kalten Tagen vor dem warmen Ofen zum Trocknen aufhing. Nichts blieb von seinem mageren Kontoristenlohn übrig, nachdem er den drängenden Geldforderungen seiner Eltern, Cousins, Bekannten, Schwiegereltern Folge geleistet hatte, die sich an jedem Monatsende in dem Zimmer einfanden, in dem er, seine Frau und seine beiden Kinder zur Miete wohnten. Wie fern war doch diese Erinnerung

[34] Fiktive Organisation. (Ü)

und das alles! Jetzt konnte er sich alles leisten. Er hatte ein prachtvolles Haus, zwei Fahrzeuge zur Verfügung, Hauspersonal, das ihm der Staat bezahlte. Nur manchmal störte ihn seine Beleibtheit, wenn er bei öffentlichen Empfängen auf seine Bewegungen achten mußte, damit der Knopf an seinem Smoking nicht abplatzte.
Die Perlen des Gebetskranzes klickerten aneinander. Klick-klick-klick. Auf die Melodie der Perlen antwortete das Murmeln auf den Lippen Serigne Biramas. Mour war ungeduldig, und von dem stummen Gesicht Serigne Biramas konnte er nichts ablesen. Er mußte warten, bis der Gebetskranz auf das Schaffell gelegt, Serigne Birama seine Augen dem Licht der Welt wieder geöffnet hatte und der Dialog wieder auf die Ebene des Zwischenmenschlichen gebracht wurde.
„Was du willst, Gott kann es dir geben. Und ich denke, daß Er es dir geben wird, inschallah... Du wirst es bekommen, so Gott will. Du brauchst bloß das Opfer eines schönen, ganz weißen Schafbockes zu bringen. Du wirst ihm eigenhändig die Kehle durchschneiden, sieben Fleischhaufen machen und sie Bettlern schenken.“

IV

Langsam machen sie uns das Leben wirklich zur Hölle. Weil wir Bettler sind, glauben sie, daß wir keine Menschen sind wie sie!"
Es war Nguirane Sarr, der so sprach. Er hatte die Schikanen satt. Er hatte den Eindruck, daß „diese Verrückten da" es ganz besonders auf ihn abgesehen hatten. Dabei hatte er geglaubt, ihre Achtung, ja ihre Freundschaft gewonnen zu haben. Nie hatte er sich geängstigt. Warum hatten sie etwas gegen ihn, ihn, der sich damit begnügte, an „seiner" Ampel zu stehen, der sich nie auf die Autos stürzte, wohl wissend, daß er es da mit bedeutenden Herrschaften zu tun hatte, die nicht gestört werden wollten und die ohnehin das Almosen aus eigenem Interesse geben würden? Und nun dachten sie nicht einmal mehr nach, „diese Verrückten da". Sie machten keinerlei Unterschied mehr.
„Heute haben sie mich geschlagen. Sie haben meine Kleider zerrissen, meinen Stock beschlagnahmt und meine Brille zerbrochen. Das ist zuviel, das ist zuviel. Wie kann man ein menschliches Wesen derart behandeln?"
Nguirane war am Ende seiner Kräfte. Eine blutige Wunde klaffte über seinem rechten Auge und zog sich bis zu seinem Ohr hin.
„Sie sind bösartig! Wenn sie die Wut packt draufloszuschlagen, sind sie schlimmer als tolle Hunde."

Inzwischen hatten alle Bettler Angst. Sie wurden pausenlos gejagt. Sie hatten keine Ruhe mehr. Sie hatten Angst, und sie litten an ihren Körpern, und trotzdem konnte sie nichts davon abhalten, sich jeden Morgen aufs neue an ihre strategischen Plätze zu begeben. Es zog sie wie ein Magnet dorthin, und ihre einzige Waffe war die Hoffnung, dem Hagel der Peitschenhiebe dank der Flinkheit ihrer Beine zu entkommen oder Zuflucht in den umliegenden Häusern zu finden, sobald die Brigaden auftauchten.
„Aber was ist jetzt in sie gefahren? Woher kommt denn ihre Wut?"
„Sie sind bösartig, das ist alles."
Sie verstehen nicht – und wer könnte ihnen das auch erklären –, daß sie eine Plage darstellen, die versteckt werden muß. Sie haben sich schon immer für vollwertige Bürger gehalten, die einen Beruf wie jeden anderen ausüben, und mit dieser Einstellung haben sie nie einen Anlaß gesehen, ihre Stellung innerhalb der Gesellschaft besonders zu definieren. Für sie beschränkt sich der Vertrag, durch den jedes Individuum an die Gesellschaft gebunden ist, auf folgendes: geben und nehmen. Aber geben sie denn nicht ihren Segen der Armen, ihre Gebete und ihre guten Wünsche?
„Das ist zuviel, das ist zuviel", übernahm Nguirane Sarr das Wort. „Wenn sie Krieg wollen, dann sollen sie ihn auch haben."
„Nein, Nguirane", entgegnete ihm Gorgui Diop. „So darfst du nicht sprechen. Wenn man bettelt, muß man lernen, geduldig viele Dinge zu ertra-

gen. Wer auf die Güte der anderen angewiesen ist, muß sogar ihre Launen erdulden können. Und im übrigen, Nguirane, sind diejenigen, die uns etwas geben, nicht zu verwechseln mit denen, die uns schlagen."
Unzählige Stimmen erhoben sich über das allgemeine Gemurmel.
„Das ist wahr, das ist wahr. Gorgui Diop hat recht. Im Leben muß man vermeiden, die Dinge noch zusätzlich zu verschlimmern."
„Was Gorgui Diop da gesagt hat, das ist die einzige Wahrheit."
„Die Worte von Gorgui Diop sind ihm von der Vernunft und der Weisheit diktiert worden."
„Wo käme man hin, wenn man auf die Jugend hören würde!"
„Jedenfalls nicht bis ins Grab", entgegnete Nguirane Sarr. „Die Jugend wird einen niemals bis nach *Laaxira*[35] befördern. Wer hat diesen armen Madiabel umgebracht? – Das waren doch ‚diese Verrückten da'. Wenn sie ihn nicht so hartnäckig verfolgt hätten, wäre nicht geschehen, was geschehen ist."
Madiabel war seinen Verletzungen erlegen. Fünf Tage war er im Krankenhaus geblieben, ohne daß man ihn behandelt hatte, weil er keine Papiere bei sich hatte und weil er seine Bedürftigkeit anhand einer durch die Stadtverwaltung ausgestellten Bescheinigung nachweisen mußte. Da es ihm sein Zustand aber unmöglich machte, diese Bedürftigkeitsbescheinigung abzuholen, die ihn von den

[35] Wolof: das Jenseits. (Ü)

Pflegekosten befreit hätte, war er in einer Ecke hinter einem Gemeinschaftssaal liegengeblieben; und wenn ihn der Schmerz überwältigte, wenn er zu wimmern anfing und sich krümmte, beklagten die dort untergebrachten Patienten teilnahmsvoll sein Leid mit endlosen *ndéysaan*.

Am Tage seines Begräbnisses hatte ihn die ganze Sippschaft zu seiner letzten Ruhestätte begleitet und anschließend eine recht ordentliche Geldsumme zusammenbringen können, die sie seiner Familie als Unterstützung zukommen ließ.

„Wir sind doch keine Hunde!“ fuhr Nguirane Sarr fort. „Sagt, sind wir etwa Hunde?“

Seine vor Zorn und Verzweiflung scharfe Stimme zerriß den Nebelschleier, der über dem schwachen Lichtschein der schwülen, nach verbranntem Holz riechenden Luft der Abenddämmerung lag. Von den matten, kupferfarbenen Gesichtern perlten kleine Tropfen der Angst und der Resignation.

„Wir sind doch keine Hunde! Ihr wißt sehr wohl, daß wir keine Hunde sind. Auch sie müssen davon überzeugt werden. Also müssen wir uns organisieren.“

„Wie sollen wir uns organisieren? Bettler, die sich organisieren! Du träumst wohl, Nguirane! Du bist jung! Überlassen wir sie doch ganz einfach dem lieben Gott.“

„Hört mal, wir können uns sehr wohl organisieren. Sogar diese Verrückten, diese Herzlosen, diese Rohlinge, die Razzien gegen uns durchführen und uns schlagen, sie geben ein Almosen. Sie haben es nötig, ein Almosen zu geben, weil sie unsere Gebete brauchen; sie hören allzu gerne, wie wir ihnen Morgen für Morgen unsere besten Wünsche für ein langes Leben, Wohlstand und die Pilgerfahrt aussprechen, damit sie die Alpträume der vorangegangenen Nacht verdrängen können und die Hoffnung auf eine bessere Zukunft nicht verlieren. Glaubt ihr etwa, daß die Leute aus Freundlichkeit spenden? Nein, sie tun dies aus reinem Selbsterhaltungstrieb."

Plötzlich machte sich Schweigen breit. Die Ohren wurden gespitzt, Augenlider zuckten, ohne daß die Augen sich öffnen konnten. Allmählich hüllte die Dämmerung die düsteren Silhouetten ein, die den Innenhof des Hauses von Salla Niang bevölkerten. Sie selbst stand auf der Schwelle zu ihrem Zimmer, ganz in der Nähe von Nguirane. Ihn so halb entblößt, so niedergeschlagen zu sehen, seinen Kopf, der im Staub gerollt war, und die breite Narbe, die ihm das Aussehen eines Märtyrers verlieh, ließ sie Mitleid empfinden. Sie war entsetzt. Das Leiden dieses Mannes, der für sie wie ein Bruder war und heute ein Bild des Elends bot, schmerzte sie. „Das also haben sie aus einem Menschen gemacht, der ungeachtet seiner Armut Respekt verdient hätte." Während sie so sein Hemd betrachtete, das nur noch aus Fetzen bestand und das nicht mehr ganz weiße Zeug, bei dem die langen Schlitze vermuten ließen, daß es sich einmal um eine Hose gehandelt hatte, die jetzt nur noch ein Gebilde aus flatternden Lumpen war, das durch eine Art Gürtel zusammengehalten wurde, während sie so das Unglück von Nguirane betrachtete, kam Salla

Niang zu dem Ergebnis, daß es „Leiden gibt, die man einem menschlichen Wesen nicht zufügen darf".

„*Jóg jot na! Jóg jot na kat!*[36]"

Während sie sprach, erhob sie ihren Zeigefinger und deutete damit direkt auf die Anwesenden. Da niemand auf diese schwerwiegende Ermahnung reagierte, fuhr sie fort:

„Es ist Zeit aufzuwachen, Leute. Nguirane hat recht. Es geschieht nicht aus Liebe zu uns, daß sie uns etwas geben. Das ist sehr wahr. Wir müssen uns organisieren! Wir fangen als erstes damit an, daß wir nicht mehr hinnehmen, daß man uns diese kleinen, weißen und leichten Münzen zuwirft, mit denen man nicht einmal mehr ein Bonbon, auch nur ein ganz kleines, kaufen kann. Hey! Ihr kleinen *talibés,* hört ihr! Spuckt auf ihre Ein-Franc- oder Zwei-Francs-Münzen, spuckt auf die drei Stück Zucker, spuckt auf die Handvoll Reis. Habt ihr gehört? Wir müssen ihnen zeigen, daß auch wir Menschen sind! Und vor allem sprecht ihnen keine guten Wünsche mehr aus, solange ihr kein schönes, fettes Almosen bekommen habt! Seid ihr damit einverstanden, Leute?"

„Ja. *Loolu dé yomb na.*[37]"

„Aber ja. Wenn man sich das mal genau anschaut, dann ist das wahr, was du gesagt hast."

„Also das, *dëgg dëgg lëf li mot naa seetaat*[38]. Laßt uns das befolgen, was Salla sagt."

[36] Wolof. Wortwörtlich: Es ist an der Zeit, sich zu erheben. (A)
[37] Wolof: Das ist doch klar. (A)
[38] Wolof. Wortwörtlich: Wir müssen die Sache wirklich einmal aus der Nähe betrachten. (A)

„Einverstanden, wir sind alle einverstanden."
Sie vertrauten Salla. Sie wußten, daß sie eine erfahrene Frau war. Sie hatte alle Gelegenheit gehabt, mit der Welt in Berührung zu kommen. Schon sehr früh, als kleines verwaistes Mädchen war sie gezwungen, auf eigenen Beinen zu stehen. Durch ihren ehemaligen Beruf als Hausmädchen hatte sie gelernt, die Leute richtig einzuschätzen, auch die intimsten Geheimnisse zu enthüllen und die Eigenheiten der Reichen ebenso wie die Sehnsüchte der Armen zu ermessen; denn sie hatte die prachtvollen Villen mit den flauschigen Matratzen ebenso ausgekehrt wie die dreckigen, baufälligen Häuser, in denen bei Anbruch der Dunkelheit die Streitereien um eine aufgeplatzte Strohmatratze voll Wanzen ausbrachen. Die Schule des Lebens, wohl die beste aller Schulen! Man bekam alles zu sehen, man war gegen alles gefeit. Nichts konnte einen mehr verwundern, nicht einmal mehr die widersprüchlichsten Verhaltensweisen eines Menschen.
Salla saß jetzt auf dem Boden genau vor ihrer Tür. Auf ihr angewinkeltes rechtes Bein stützte sie einen Ellenbogen; ihre Wange ruhte auf ihrer Hand.
„Sie tun immer so, als würden sie die Menschen verachten, die sie brauchen. Mein Dienstherr, der letzte bei dem ich gearbeitet habe und der mir half, dieses Grundstück hier zu bekommen, verbrachte sein Leben damit, gegen die Marabuts zu wettern. Ich sah ihn im Fernsehen, ich hörte ihn im Radio, ich erkannte sein Foto in den Zeitungen, die ich zum Anzünden des Feuers im Ofen

benutzte. Seine Kinder erklärten mir, daß er die Plage des Marabutismus unter Kontrolle bringen wollte. Soweit ich weiß, bekam er sogar einen Orden für seine schönen Reden. Ja genau... Er bekam diesen Orden tatsächlich und organisierte einen großen Empfang. Doch dieser Mann, ein echter Tubab, der seinen Durst mit Bier löschte und sich mit Whisky aufwärmte, dieser Mann, der nur in seiner Rolle als Tubab seiner Frau und seinen Kindern gegenüber auftrat, nun, dieser Mann verließ morgens nie das Haus, ohne sich mit dem Inhalt aus sieben Kanaris, die mit einer Mischung aus verschiedenen Sorten Puder und gegorenen Wurzeln gefüllt waren, eingerieben zu haben. Der ekelerregende Geruch, der von diesen Kanaris ausströmte und der mir so große Schwierigkeiten beim Saubermachen des Badezimmers bereitete, hat Monsieur nie abgestoßen. Aber im Anschluß an seine Reden, was sagte er da den Marabuts, die er bei sich zu Gast hatte?... Und trotzdem war sein Haus immer voller Marabuts; wenn welche gegangen waren, kamen wieder andere, mit ihrer Wäsche. Ach! Ihre Wäsche... Ach... A, a, a, dieser Dienstherr, was für ein merkwürdiger Mann..."

Sie hatte bemerkt, daß ihre festen Brüste den Blick von Monsieur auf sich zogen. Wenn sich ihm eine günstige Gelegenheit bot, neckte er sie erst ein wenig, dann folgten aufdringliche Annäherungsversuche. „Was für ein Schwein, dieser Monsieur." Sie hatte immer widerstanden. Wenn Madame anwesend war, schaute er sie erst gar nicht an, oder er fuhr sie grob an wegen einer

Staubschicht auf dem Fernseher oder einem schlecht gebügelten Hemdkragen. Madame schaltete sich ein, und manchmal artete das sogar in Streit aus.

„Laß die Kleine in Ruhe! Sie arbeitet hier, sie ist nicht unsere Sklavin!"

„Ach so ist das! Wegen eines Hausmädchens wagst du es, meine Autorität in Frage zu stellen! Eines schönen Tages werde ich sie bitten, ihre Sachen zu packen. Und du wirst ihr folgen!"

„Und ach! Der Tag, an dem Madame sein Spiel aufdeckte! Die Villa hatte zwei Stockwerke, das Parterre und eine Etage. Die Schlafzimmer befanden sich im ersten Stock; das Wohnzimmer, das Eßzimmer und die Küche im Erdgeschoß. Monsieur war ein großer Teeliebhaber; er trank ihn nach dem Mittagessen, gegen achtzehn Uhr nach seiner Arbeit und abends nach dem Abendessen. An allen Wochentagen sagte er mir:

„Salla, halte den letzten *baraada*[39] für mich bereit."

Und nach seiner Siesta, kurz bevor er wieder zur Arbeit ging, kam er in die Küche herunter, während Madame sich noch ausruhte. Er nutzte die Gelegenheit, um mich zu necken, mich in den Hintern zu zwicken und an den Brustspitzen zu ziehen. Eines Tages – ich weiß nicht, ob sie etwas ahnte – tauchte Madame plötzlich in der Küche auf, während Monsieur mich schikanierte und ich ihm auszuweichen versuchte. Wir hatten nicht einmal ihre Schritte gehört. Als Monsieur

[39] Wolof: die Teekanne. (A)

sie dort in der Nähe der Küchentür starr und stumm stehen sah, reagierte er wie jemand, der mitten in der kalten Jahreszeit eine eiskalte Dusche verpaßt bekommt; verschämt schaute er Madame an, die ihn beobachtete, ging zum Tisch, auf dem sich die Teekanne befand, und fing an, die Gläser mit Tee zu füllen. Madame blieb noch einige Minuten, dann drehte sie sich auf dem Absatz um. Ich habe nie erfahren, ob es ein klärendes Gespräch zwischen ihnen gegeben hat, denn obwohl ich beide Ohren spitzte, habe ich nie einen Streit zwischen ihnen vernommen, und wenige Zeit später verließ ich das Haus, weil ich heiraten sollte."

O

Nach Mours letztem Besuch bei Serigne Birama war Lolli wieder nach Keur Gallo gefahren, um in Erfahrung zu bringen, wie sich die Dinge weiter entwickelten.

„Inschallah, er wird dieses Amt des Vizepräsidenten bekommen. Er wird allerdings einen Stier opfern müssen. Den soll er in dreiunddreißig Stücke zerteilen und an die Armen verteilen, und zwar an einem Freitag. Keiner der Bewohner des Hauses darf von dem Fleisch probieren. Inschallah, und alles wird gut gehen."

Lolli war es schwer gefallen, ihre Freude zu verbergen. Sie hatte ihr Glücksgefühl ausbrechen lassen und die Zurückhaltung verloren, mit der sie Serigne Birama gegenüber immer aufgetreten war. Zum ersten Mal war ihre Stimme in Anwesenheit des frommen Mannes lauter geworden.

„*Ey waay amiin!*[40] Möge Gott solches tun! Inschallah! Gott wird uns nicht vergessen."
Sie sah sich schon als Frau des Vizepräsidenten der Republik. Was für eine Ehre! Natürlich, in finanzieller Hinsicht würde sich kaum etwas ändern. Aber hatte sie nicht schon alles, was sie begehrte? Die Handgelenke immer schwer von Gold und kostbaren Perlen, die Schränke zum Bersten voll, die Verwandtschaft mit allem bedacht, drei Villen, die Mour Ndiaye auf ihren Namen hatte schreiben lassen, denn „in der Politik kann man nie wissen, und es ist besser, die notwendigen Vorkehrungen dann zu treffen, wenn man es sich leisten kann". Aber da war noch etwas anderes: das Prestige, die Frau des Vizepräsidenten zu sein! Dem Präsidenten ganz nahe zu sein! Kurz nach ihm zu kommen! Noch vor den Frauen der Minister, vor den Ministern selbst! Und all diese Leute, die einen umgeben und nur darauf warten, die Befehle auszuführen!
Sollten sich dummerweise diese Träume in dieser Nacht in Nichts auflösen? In dieser dunklen, sehr ruhigen und kalten Nacht. Mour hatte die Angewohnheit, seine Frau über schwerwiegende Probleme erst zu der Stunde zu unterrichten, wenn alle schliefen. Er legte seine Hand auf Lollis Hüfte und tätschelte sie leicht. Sie rührte sich und zog im Halbschlaf die Decke über sich.
„Lolli, ich habe dir etwas sehr Wichtiges zu sagen. Wach auf!"

[40] Mischung aus Wolof und Arabisch: ein mit Nachdruck geäußertes „Amen". (Ü)

„Mmh..."
„Lolli!"
„Ja..."
„Ich muß dir etwas sagen. Würdest du mir den Gefallen tun, auch bis zum Schluß zuzuhören?"
„Ich werde dir zuhören... Sprich, ich höre dir zu."
„Lolli, du weißt, wie sehr ich an dir hänge. Du weißt auch, daß ich dich gegen nichts auf dieser Welt eintauschen möchte... Ich weiß, was ich an dir habc, ich kenne deine Geduld, deine Güte. Das Leben war nicht immer so einfach für mich, du hast alle Strapazen, die sich aus dieser beschwerlichen Situation ergaben, auf dich genommen, und du hast mir geholfen, alle Schwierigkeiten, die sich mir in den Weg stellten, zu überwinden. Du bist meine Glücksfee, und du weißt es."
„Mußt du mir das alles sagen? Ich bin deine Ehefrau, und es ist ganz selbstverständlich, daß ich dich glücklich machen will, dcnn dein Glück ist auch meines. Für mich gibt es nichts Wichtigeres auf der Welt, Mour."
Lolli meinte ehrlich, was sie sagte. Ihre Mutter hatte es ihr beigebracht, und alle Tanten, Onkel, enge oder entfernte Verwandte hatten ihr die gleiche Litanei von Ratschlägen immer wiederholt, am Tag ihrer Hochzeit, dann in der Nacht, in der sie sich in die eheliche Wohnung begeben mußte, und schließlich zu jeder anderen Gelegenheit: „Gehorche deinem Ehemann, strebe nichts anderes an als sein Glück, denn von ihm hängt dein Schicksal und vor allem das deiner Kinder ab.

Wenn du seine Wünsche erfüllst, wirst du im Diesseits, aber auch im Jenseits verwöhnt werden, und du wirst ehrenwerte und verdienstvolle Kinder haben. Wenn nicht, mußt du mit Gottes Verdammnis und der Schande rechnen, mißratene Kinder auf die Welt gebracht zu haben.“ Lolli hatte diese Anweisungen immer befolgt. In den ersten Jahren ihrer Ehe leistete sich Mour zahlreiche Seitensprünge. Er kam praktisch nur im Morgengrauen nach Hause und verschwand ganz einfach an den Wochenenden, ohne seiner Frau jemals irgendeine Erklärung abzugeben. Sie hatte ihrerseits im übrigen nie versucht, eine dafür zu erhalten, aber sie litt zutiefst darunter, vor allem während ihrer Schwangerschaften. Zweimal hatte sie die Nachbarn wecken müssen, damit sie jemand zur Entbindungsstation begleitete. Wenn sie sich bei ihren Eltern darüber beklagte, machten sie ihr deshalb noch Vorhaltungen.

„Lolli, eine Frau darf sich nicht beschweren. Du mußt wissen, daß dein Mann frei ist. Er ist keine Sache, die dir gehört. Du schuldest ihm Respekt, Gehorsam und Ergebenheit. Das einzige Los der Frau ist die Geduld. Merke dir das, wenn du eine Frau sein willst, die diesen Namen verdient.“

Lolli schwieg daraufhin, und der Schmerz lag ihr schwer im Magen. Dann vermittelte Mour allmählich den Eindruck, daß er vernünftiger wurde. Vielleicht war er es müde, sich bei Tag und bei Nacht herumzutreiben, vielleicht hatte er auch nie eine Eroberung gemacht, die sich mit seiner Lolli hätte messen können, und er wurde sich mittlerweile bewußt, daß er eine seltene Perle gefunden hatte und daß es klüger war, sich damit zu begnügen.

„Nichts ist für mich wichtiger, Mour, als dein Glück."

„Ich weiß, ich weiß. Aber du mußt versuchen zu verstehen. Im Leben eines Mannes gibt es immer Ereignisse, die unerwartet eintreffen... Man kann sie sich manchmal selbst nicht erklären... Wenn es geschehen muß, dann geschieht es."

„Was ist geschehen? Was ist mit dir geschehen? Hast du irgendwelchen Ärger?"

Lolli hatte sich nervös aufgerichtet. Sie schleuderte die Decke ans Bettende. Sie betätigte den Lichtschalter der Nachttischlampe, die ein milchiges Licht erzeugte. Erfolglos versuchte sie, das weiße, grüngepunktete Nachthemd, ein besticktes *beeco*, nach unten zu ziehen, um ihre doch gar nicht so dicken Oberschenkel zu verdecken.

„Nein, sei ganz unbesorgt... Ich will dir nur zu verstehen geben, daß ein Mann sein Schicksal nicht alleine bestimmt... Alles, was geschieht, mußte geschehen..."

„Mour, ich bitte dich, ich halte es nicht mehr aus; sag mir, was geschehen ist! Mach schon!"

Mour lag immer noch ausgestreckt auf dem Bett. War es Angst oder sein schlechtes Gewissen? Er konnte Lollis Blick nicht ertragen. Er hatte den Eindruck, daß ihre Augen Funken sprühten. Er zündete sich eine Zigarette an, um sich hinter dem Rauch verstecken zu können. Der Gedanke, daß diese Frau einen solchen Moment nicht verdient hatte, durchfuhr seinen Kopf wie ein Blitz. Aber jetzt, wo die Würfel bereits gefallen waren, sagte er sich, waren solche Gedanken fehl am Platze. Und außerdem, was war daran schon verwerflich?

„Mour, *gaawe ma!*[41] Ist mein Vater gestorben? Dieser Telefonanruf kurz nach dem Abendessen, brachte er die Nachricht vom Tode meines Vaters? *Wóóy*[42] mein Vater! *Wóóy* mein armer Vater!"

„Nein, Lolli, deinem Vater fehlt nichts. Es ist folgendes... Da du es wissen mußt und da ich es dir persönlich sagen möchte, aus Respekt und Liebe zu dir, nun... Man wird mir morgen eine Frau ‚schenken'."

Lolli spürte, wie ihr ein eiskalter Schauer über den Rücken lief; sie spürte, wie ihre Zähne zu klappern anfingen und eine dicke Nebelwand ihren Blick trübte. Einen Augenblick später sagte sie:

„Man ‚schenkt' dir eine Frau! Und du raubst mir den Schlaf! Du weckst mich mitten in der Nacht, um mir mitzuteilen, daß man dir morgen eine Frau ‚schenkt'!"

„Lolli, beherrsche dich, bitte! Schrei doch nicht so laut, das ganze Viertel wird gleich zusammenlaufen... Das wäre nicht angebracht, vor allem nicht mitten in der Nacht!"

Mour fühlte sich jetzt offenbar wohler. In Wirklichkeit aber verspürte er in seinem tiefsten Inne-

[41] Wolof: Beeile dich! (A)

[42] Wolof: Wort ohne eigene Bedeutung, mit dem ein Schmerz ausgedrückt wird. (Ü)

ren fast so etwas wie ein schlechtes Gewissen. Nach all den unruhigen Jahren seines ausschweifenden Lebens hatte er die guten Eigenschaften seiner Ehefrau schätzen gelernt. Seine unzähligen Liebesabenteuer hatten ihm Dinge zu sehen gegeben, die alles andere als schön waren: Frauen, die keine Vorstellung mehr von den Werten hatten, die sie verkörpern sollten; den hemmungslos ausschweifenden Lebenswandel, ein endloses Jagen nach körperlichen Genüssen und künstlichen Paradiesen. „Wenn man eine Frau wie Lolli hat, die einen nicht ins Lächerliche zieht, dann muß man sie behalten.“ Er war im Laufe der Jahre zu dieser Erkenntnis gelangt, und sein Urteil hatte sich von Tag zu Tag mehr bestätigt, wenn er sah, wie sie sich wie ein kleiner Teufel für die Sauberkeit des Hauses, die Erziehung der Kinder und sogar für deren Ausbildung verausgabte. Denn obwohl sie weder lesen noch schreiben konnte, sorgte sic stets dafür, daß sie sich vor ihre Bücher und Hefte setzten, die Größeren die Kleineren kontrollierten, und sie ging regelmäßig in ihre jeweiligen Schulen, um sich von ihrem Benehmen in Kenntnis setzen zu lassen. Und diese köstlichen Speisen, die sie selbst zubereitete, an denen sich die ganze Familie labte! Sie Tag für Tag zu beobachten hatte Mours Haltung ihr gegenüber verändert, und er konnte ihr mittlerweile den Respekt entgegenbringen, den er ihr schuldig war. Andererseits war er sehr gläubig. Die religiöse Erziehung, die ihm zuteil geworden war, hatte einige unauslöschliche Spuren in ihm hinterlassen. Sie hatten sich auf der Ebene seines Unterbewußt-

seins festgesetzt und kamen in dem Maße zutage, wie die Reue ihn immer mehr durchdrang. Dann verspürte er ein Gefühl von Schuld und auch von Angst: Er fürchtete, daß ihn eine göttliche Strafe treffen könnte für all die Schmerzen, die er diesem Menschen aus Fleisch und Blut bereitete, der auch bei den schlimmsten Schikanen, allen Erniedrigungen und Qualen, die er ihm zugefügt hatte, nicht einmal gemurrt hatte. *Aqu jigéén baaxul*[43].
Lolli war das völlig egal. Sollte doch das Viertel davon aufwachen. Sollten die Leute in ihren Pyjamas und Nachthemden bis ans Fenster kommen oder sogar an die Tür klopfen, wenn sie ihre krankhafte Neugier befriedigen wollten. Das war ihr ganz gleichgültig. Sie hatte vollkommen die Fassung verloren, denn sie war auf alles gefaßt gewesen, nur nicht darauf. Sie, die immer alles weggesteckt hatte, die dachte, daß die Zeit des Leidens und der unerwarteten Schläge vorüber war, sie hatte nicht die Kraft, diesen neuen Schlag einzustecken. Zu anderen Zeiten, da hätte sie es ertragen können, gewiß. Sie hätte die Nachricht mit Gleichmut aufgenommen, aber jetzt „hatten sich die Zeiten geändert, mein Junge!"
Lolli hatten sich die Augen geöffnet, als sie mit der großen Welt in Berührung kam. Sie hatte erkannt, daß die Frauen nicht mehr akzeptierten, als bloße Objekte behandelt zu werden, und daß sie inzwischen einen erbitterten Kampf um ihre Emanzipation führten. Überall, im Radio, in den Versammlungen, bei Familienzeremonien brach-

[43] Sprichwort in Wolof: Die, die Frauen schlecht behandeln, sollen verdammt sein. (A)

ten sie lautstark zum Ausdruck, daß sie vom juristischen Standpunkt her dieselben Rechte hatten wie die Männer. Dabei wollten sie dem Mann seine Funktion als Familienoberhaupt sicherlich nicht streitig machen, aber es war notwendig, dem Mann bewußt zu machen, daß die Frau ein vollkommen gleichberechtigtes Wesen war, das mit allen Rechten und Pflichten ausgestattet ist. Sie forderten die volle Entfaltung der Frau innerhalb des familiären Rahmens, wo sie als Verantwortliche auch ihr Wort zu sagen hatten. Im übrigen hatten sie einen Teilsieg errungen, da ein Gesetz verabschiedet worden war, das dem Ehemann untersagte, eines schönen Tages mit dem linken Fuß zuerst aufzustehen und aus einer Laune heraus seiner Frau zu sagen: „Pack deine Koffer, geh nach Hause zurück!" Bis dahin war es so, daß die Verstoßene, auch wenn sie kein Zuhause hatte, den ehelichen Wohnort verließ, daß sie gegen ihren Willen die Kinder, die als das Eigentum des Mannes betrachtet wurden, zurückließ und versuchte, auf gut Glück bei entfernten Verwandten, Freunden oder Bekannten unterzukommen.

Lolli war über die Befreiungskampagne informiert, die ihre Geschlechtsgenossinnen führten. Ihre älteste Tochter Raabi, die Jura studierte, verkündete ohne Unterlaß: „Die Polygamie müßte verboten werden. Das ist eine Sitte, die in unserer Zeit keine Daseinsberechtigung mehr hat." Wenn Lolli hörte, wie sie ihren Standpunkt in den lautstarken Diskussionen mit ihren Freunden und Freundinnen vertrat, sah sie darin nur die geschwätzigen und oberflächlichen Äußerungen einer schwärmerischen Jugend. Nie war ihr auch nur andeutungsweise in den Sinn gekommen, daß sie eines Tages über die Worte ihrer Tochter würde nachdenken müssen.

„Was? Du sagst mir zu allem Überfluß, daß ich schweigen soll! Du Undankbarer, du Schwein, du Lügner! *Tiem!*[44] Du willst, daß ich schweige! Vierundzwanzig Jahre Ehe! Du warst ein Nichts! Nicht mehr als ein armer Habenichts. Und ich habe dich ertragen, ich habe Geduld gezeigt, ich habe geschuftet und geschuftet, und heute willst du all das, was du dank meiner Arbeit und meiner Geduld, was du durch mich und meinen Beistand erreicht hast, das alles willst du nun mit einer anderen teilen. Du Bandit, du Lügner, du Schwein! Ihr seid alle gleich. Du Bandit, du schamloses Wesen! Ach... Ich hätte es ahnen müssen!"

Lollis Stimme hallte in der Ferne wider. Sie war ganz rauh und gebrochen vom Zorn, der aus ihr herausbrach. Auf ihrem Gesicht spiegelte sich die maßlose Wut einer verletzten Löwin. Ihr Blick, der dem eines Raubtieres glich, warf flammende Blitze auf das Gesicht von Mour. Er erkannte sie kaum wieder. Was war denn bloß in sie gefahren? War sie vielleicht verrückt geworden? Mour beschloß, nicht auf Lollis Beleidigungen zu reagieren. Er wollte, daß sie alles bis zum letzten aus sich herausschrie. Dadurch würde sie sich vielleicht erleichtert fühlen. Aber wenig später regte sich sein männlicher Stolz, er konnte nicht mehr an sich halten.

[44] Wolof: Ausdruck der Verachtung. (A)

„Das reicht jetzt aber, nicht wahr! Ich verbitte mir, daß du mich beleidigst. Hörst du, Lolli, ich erlaube dir nicht, zu weit zu gehen!“
Er stand ihr gegenüber und erhob drohend seine Hand.
„Aber im Grunde genommen“, fuhr er fort, „überleg doch einmal, bin nicht ich es, der dich ernährt und für deinen Unterhalt sorgt? Und nenne mir den Vertrag, der mich an dich bindet und mich daran hindert, eine zweite Frau zu nehmen, wenn ich es wünsche!“
„Der Vertrag der Anständigkeit und der Dankbarkeit. Als du ein Nichts warst, wer hat sich da abgerackert? Wer hat sich geplagt, mit sehr wenig Geld das Haus trotzdem in einem ordentlichen Zustand zu halten? Wer rannte den Marabuts hinterher? Sag du mir nun, wo verschwand das ganze Geld, das mir mein Vater und meine Brüder aus Mitleid gaben? – In den Taschen der Marabuts, damit dir die Türen des Wohlstands geöffnet würden. Wohin verschwanden meine Bubus, während ich ewig ein und denselben trug? Ein einziger Bubu, der mit der Zeit eins mit meiner Haut geworden war. Die Leute sagten nicht mehr: „Die da drüben, das ist Lolli Badiane“, sie sagten statt dessen: „Der Bubu dort, das ist Lolli Badiane.“ Bei Wind, bei Regen, bei Sonnenschein, immer derselbe Bubu, denn die anderen waren verkauft, wie auch die Armreifen und die Ohrringe, um unser Leben ein bißchen anständiger zu führen und dem drohenden Hunger unserer Kinder zuvorzukommen. Hast du das alles schon vergessen? Du Schwein! Du Lügner!“

Was war bloß in sie gefahren, das sie in einen derartigen Zustand versetzte und sie nun zu ihrem Ehemann sprechen ließ, als wäre er das verabscheuungswürdigste Wesen der Welt? – Es geschah nicht so sehr aus ideologischen Gründen als vielmehr aus dem Gefühl gekränkter Eitelkeit. Früher, da ließ Lolli keine Hoffnungen zu, sie erlaubte sich keine Träumereien. Sie nahm die Gegebenheiten und ihre Rolle hin. Mit der Veränderung von Mours Verhalten und der Verbesserung ihrer gesellschaftlichen und finanziellen Lage ließ sie auch wieder Hoffnungen und Träume zu. Mour indessen hatte genau auf diesen einen Augenblick gewartet, in dem alle seine Wünsche in Erfüllung gehen würden – „Monsieur, der Vizepräsident der Republik und Madame" –, um ihr zu verstehen zu geben, daß sein Glück auch außerhalb von ihr existieren konnte: verkörpert von einem frischen siebzehnjährigen Mädchen, das Sekretärin in einem Reisebüro war. Mour hatte sie in einem Hotel eines Nachbarlandes kennengelernt, wohin er seinen Minister begleitet hatte, um sich zu informieren, was dort im Hinblick auf die Befreiung von menschlichem Abfall und die Einrichtung touristischer Zentren unternommen worden war. Er hatte sich von ihrer Spontaneität, ihrer Jugend und vor allem der Ungezwungenheit bezaubern lassen, mit der sie sich in der offiziellen Sprache ausdrückte, was ihm selbst noch einigermaßen schwerfiel. Sie war sehr elegant und sehr modern. Um sie sehen zu können, ohne den Verdacht Lollis zu erregen, hatte Mour „späte Versammlungen mit Persönlichkeiten aus Europa zur Untersuchung der potentiellen Möglichkeiten auf dem touristischen Sektor" oder „zweitägige Dienstreisen in ein Nachbarland" oder auch „Arbeitsessen mit Technikern" vorgegeben. Und eines Tages bat ihn Sine, die unterdessen in den vollen Genuß sowohl der Großzügigkeit ihres Freundes als auch der Liebe, die er für sie empfand, gekommen war, sie zu heiraten: „Ich bin jung, und ich habe mein ganzes Leben vor mir. Heirate mich, oder laß mich mein Glück anderweitig versuchen."

Die Hochzeit fand statt. Raabi versuchte ihre Mutter davon zu überzeugen, daß sie kämpfen mußte, die zwiespältige Situation nicht akzeptieren durfte, die Pflicht hatte, sich gegen einen Eindringling zu wehren, der ihr den Platz streitig machen wollte, und deshalb: „mußt du die volle Verantwortung für dich übernehmen und Papa bitten, sich zu entscheiden".

Aber dann war Lollis Mutter, die für ihre Tugendhaftigkeit und ihre Rechtschaffenheit berühmte Greisin Sanou Cissé, gekommen. Sie war in Tränen ausgebrochen, als ihr Mour berichtete, daß Lolli so weit gegangen war, ihn zu beleidigen, und daß er, wären da nicht die Kinder gewesen, sich von ihr hätte scheiden lassen. Ihr kranker Vater, der sich kaum auf den Beinen halten konnte, hatte sich bis zu ihrem Haus geschleppt:

„Willst du mich auf meine letzten Tage noch zugrunde richten, Lolli? Vergiß nicht, wenn Mour dich fallenläßt, wirst du mit Schande bedeckt sein. Wenn man acht Kinder hat, von

denen einige im heiratsfähigen Alter sind, darf man sich nicht mehr erlauben, sich wie ein kleines Mädchen aufzuführen. Mour ist dein Ehemann. Er ist frei, er gehört dir nicht."
Auch ihre Freundinnen hatten ihr gute Ratschläge gegeben: „Es wäre reichlich dumm von dir, deinen Mann aufzugeben und ihn einer anderen zu überlassen; sie würde sich über dich lustig machen und sagen, daß sie dich eingeschüchtert hat."
„Mama, mit all diesen Argumenten versuchen sich die Frauen doch nur selbst zu rechtfertigen. Jede von ihnen hätte gerne einen Mann für sich alleine gehabt: Mindestens einmal in ihrem Leben haben sie sich gesagt, daß sie ihren Ehemann nicht teilen würden. Auch wenn sie dies nicht ausgesprochen haben, so haben sie zumindest davon geträumt. Und als sie dann in eine ähnliche Situation kamen, wie sie dir heute widerfährt, gaben sie dem Druck der alten Väter und Mütter nach, die aus einer anderen Epoche stammen und die Welt von heute nicht mehr verstehen können. Sie haben vor allem ihrer eigenen Feigheit klein beigegeben, denn sie waren nicht fähig, die Verantwortung für sich zu übernehmen. Also haben sie nach anderen Gründen gesucht und sie gefunden, mit denen sie sich selbst in einer Situation aufrechterhalten konnten, die sie im Grunde genommen haßten. Indem sie so handelten, meinten sie, den Schein zu wahren."
Raabi war ihrem Vater böse. Sie wußte, daß ihre Mutter litt, und deshalb sprach sie als Vertraute zu ihr. Das, was Kinderaugen sehen, läßt sich

nicht auslöschen. Niemals würde sie die Abwesenheiten ihres Vaters vergessen können, Lollis Kummer, die diskret in dem Zipfel eines Kopftuches erstickten Tränen, auf die ein gezwungenes Lächeln folgte, mit dem diese schon allzu aufmerksamen Augen beruhigt werden sollten. Mit zehn Jahren erahnt man alles, und Raabi war zehn Jahre alt, in dem Alter, in dem man sich schon fast um den Letztgeborenen kümmern kann, um die Mutter ein wenig zu entlasten, wobei die Eltern nicht einmal ahnen, daß man sie bereits beobachtet und beurteilt. Raabi empfand eine unendliche Zärtlichkeit für ihre Mutter. Als Raabi in die Pubertät kam, unterrichtete Lolli sie über die Aufgaben einer Frau, und je reifer Raabi wurde, desto direkter und freimütiger wurde das Gespräch zwischen ihnen. Sie redeten wie zwei Freundinnen miteinander.

„Raabi, meine liebe Tochter, es gibt Dinge, die du nicht verstehen kannst. Wenn ich heute diesen Haushalt verlasse, würden mich Vater und Mutter und auch alle anderen Familienmitglieder verfluchen. Und selbst wenn sie eines natürlichen Todes sterben sollten, würde man erzählen, daß ich sie getötet habe, indem ich Scham und Elend in ihre Herzen brachte. Stell dir doch einmal vor, mein Kind: ich, ohne Arbeit, ganz allein, was würde ich bloß mit euch machen, wenn ich euch mit mir nähme? Und wenn ich euch hier ließe, stell dir vor, wie groß dann mein Kummer wäre!"

Nach dem Zorn kam die Resignation. Nach dem Beleidigtsein der ersten Tage das gesteigerte Bemühen, die Gunst des Herrn wiederzugewinnen. Wieder eine Hoffnung, die sich in Lollis Herzen breitmachte: die Hoffnung, den Ehemann für sich alleine zurückzugewinnen. Dies würde der neue Grund für ihre vertraulichen Unterredungen mit den Marabuts sein, der Grund für die horrenden Geldsummen und die unzähligen Geschenke, die sie an die Familie ihres Mannes verteilen würde. Denn diese mußte umschmeichelt werden, damit die anläßlich von Familienzeremonien öffentlich ausgesprochenen Danksagungen den Anschein erweckten, die Sympathien seien mehr auf ihrer Seite.

Raabi konnte das nicht überzeugen. Es sah ganz danach aus, als würde sie eine starke Persönlichkeit entwickeln, diese Raabi. Lolli fragte sich manchmal besorgt, ob ihre Tochter jemals einen Mann finden würde. Sie war nicht schön, hatte ein ovales, hageres Gesicht, ausgeprägte Kinnladen, kleine, hart blickende Augen; makellose strenge Kleidung, keine Schminke, keinen überflüssigen Schmuck: nur die kreisförmigen Ohrringe, die kleine Halskette, den Silberreif am rechten und eine Uhr am linken Handgelenk. Die Vergänglichkeiten des Lebens hatten sie nie interessiert. Sie saß immer über ihren Büchern, diskutierte endlos mit ihren Freunden über die großen Probleme, die die Welt bewegten: den Krieg, die Ausbeutung der kleinen Länder durch die Großmächte, die Ungerechtigkeit, die überall vorherrschte, die Entmenschlichung der Gesellschaften. Sie mochte keine Kompromisse, nur eindeutige, klare und einwandfreie Stellungnahmen ließ sie zu. Deshalb hatte sie ihre Mutter auf Knien gebeten, dem allseitigen Druck nicht nachzugeben. Sie hatte mit ihr wie mit einem schwachen Wesen gesprochen, das unwissend und unfähig ist, seine Rechte zu verteidigen. Ihre Mutter hatte ihr nicht zugehört, aber Raabi machte ihr daraus keinen Vorwurf, im Gegenteil: Sie konnte sich ihre Beweggründe erklären, fand aber, daß sie nicht gerechtfertigt waren. Das minderte keineswegs die Liebe, die sie für ihre Mutter empfand. Nur wenn ihr Vater nach viertägiger Abwesenheit bei der „Zweiten" nach Hause kam, versetzte es ihr einen Stich zu sehen, wie ihre Mutter ihm einen fürstlichen Empfang in großer Toilette, mit breitem Lächeln, ausgefallenen, köstlichen Speisen und Weihrauch bereitete. Dann verging ihr vier lange Tage der Appetit, und die Kommunikation zwischen ihr und ihrem Vater beschränkte sich auf die gewöhnlichen Begrüßungsformeln und knappen Antworten auf seine Fragen, die er ihr im Hinblick auf ihr Studium, die Freunde und die Ereignisse in der Welt stellte.

V

Angst, Unzufriedenheit und Gereiztheit herrschten unter den Bettlern. Sie hatten gerade den alten Gorgui Diop zu Grabe getragen. Man wußte nur, daß er „aufgelesen" worden war. Einige Tage später hörte man eine Mitteilung im Radio, mit der die Leitung des Krankenhauses die Verwandten vom Tode von Gorgui Diop, etwa zweiundfünfzig Jahre alt, geboren in Sandiara, unterrichtete und sie bat, seinen Leichnam abzuholen. Niemand wußte, in welchem Zustand er ins Krankenhaus gebracht worden war, noch woran er starb.

Bedrückende Stille lag über dem Innenhof des Hauses von Salla Niang. Zur Stunde, zu der die Dschinnen ihr Hitzebad nahmen, bohrten sich die Strahlen der winterlichen Sonne wie flammende Pfeile in die ohnehin schon angeschlagenen Körper. Den Gesichtern dieser Gestrandeten hatten Angst und Melancholie eine Schreckensmaske aufgesetzt. Sie waren es müde, geschlagen zu werden, müde, gejagt zu werden, müde, wegrennen zu müssen. Seit einiger Zeit gingen sie tagsüber nicht mehr hinaus. Sie standen vor dem Morgengrauen auf, strömten in Gruppen zusammengedrängt auf die Marktplätze und in die Moscheen, die einzigen Orte, wo sich vor Anbruch des Tages menschliches Leben regte. Wenn sich in der Stadt die Stunde des Aufwachens durch das plötzliche Öffnen der Fenster ankündigte, um die Morgenluft hereinzulassen, und durch das ununterbrochene Brummen der Fahrzeuge, liefen sie ganz unauffällig zum Hof von Salla zurück.

Sie hatten den alten Diop beerdigt und waren traurig und schweißgebadet zurückgekehrt. Die brennende Hitze dünstete Gerüche von Kummer und Armut aus.

„Wenn wir nicht aufpassen, enden wir allesamt wie Gorgui Diop", schrie Nguirane Sarr. „Wir werden alle wie Hunde enden!"

Heute trug er wieder einen weißen Kaftan, der die Farbe von Asche angenommen hatte. Er hatte sich eine andere Brille gekauft, diesmal hatte sie einen schwarzen Rand. Er trug eine kleine vergoldete Kette um den Hals. Seine Platzwunde war noch nicht verheilt. An seiner Lippe hatten sich Krusten gebildet, die eine breite, mit Jodtinktur rot gefärbte Furche nach unten hin abgrenzten.

„Dabei hatte Gorgui Diop doch niemandem etwas Böses getan", fuhr er fort. „Hört zu, liebe Freunde, wenn sie wollen, daß wir sie in Ruhe lassen, dann lassen wir sie in Ruhe. Bleiben wir hier! Rühren wir uns nicht mehr von dieser Stelle!"

Seine Freunde hatten alles andere erwartet, nur das nicht. Sie waren verzweifelt und zu Tode erschrocken. Sie erhofften sich eine Lösung des Problems durch ein Gesetz, in dem festgelegt würde, daß sie als vollwertige Bürger anzusehen seien. Aber Nguirane Sarrs Vorschlag verwunderte sie. Er schien keinen Sinn zu ergeben.

„Wir werden nicht mehr um Almosen bitten?"

„Was werden wir dann machen? Muß es denn so weit kommen, daß wir völlig mittellos dastehen? Es ist wahr, daß es momentan nicht einfach für uns ist, aber wir schaffen es trotzdem, hier und da eine kleine Beute einzubringen.“

„Nguirane, was du da vorschlägst, ist nicht machbar. Laß dich nicht von deinem Zorn leiten. Das Leben ist nur so gespickt von Fallen. Seien wir mutig; eines Tages werden sie uns in Ruhe lassen. Aber wenn wir dem Almosen nicht mehr entgegengehen, wohin sollen wir dann gehen? Wenn wir hier schmollen, tun wir niemandem weh außer uns selbst.“

„Ihr täuscht euch!“ wetterte Nguirane.

Die unter der stechenden Sonne immer weiter vorgebeugten Rücken richteten sich auf. Aus der donnernden Stimme Nguiranes hatten Haß, Verachtung und Wut gesprochen.

„Ihr täuscht euch! Ich habe es euch schon einmal gesagt: Es ist nicht wegen unserer Lumpen oder unserer Gebrechen noch aus der Freude heraus, eine selbstlose Tat zu vollbringen, daß sie die Güte haben, uns diese Gaben hinzuwerfen. Über alles, was sie uns anbieten, haben sie zuvor ihre geheimsten und unvorstellbarsten Wünsche gehaucht: „Ich gebe dieses Almosen, damit mir Gott ein langes Leben, Wohlstand und Glück beschere... Ich schenke dies, damit der Schöpfer alle Schwierigkeiten, die ich auf meinem Wege finde, zunichte mache... Im Tausch gegen dieses Almosen möge der Herr des Himmels und der Erden mich auf der Leiter des Erfolges immer höher steigen lassen, mich an die Spitze der Hier-

archie der Behörde, in der ich arbeite, emporheben... Möge der Allmächtige dank dieses Almosens all meine Gebrechen sowie die meiner Familie vertreiben, möge er mich vor Satan bewahren, vor den menschenfressenden Hexenmeistern und vor allen bösen Flüchen, die man mir anhängen könnte..." Das ist es, was sie sagen, wenn sie eine Münze oder ein Päckchen in eure ausgestreckte hohle Hand fallen lassen. Und wenn sie uns freundlich vor die dampfenden und duftenden, mit *laax*[45] gefüllten Kalebassen bitten, meint ihr etwa, daß sie dies tun, weil sie daran gedacht haben, daß wir Hunger haben? Nein, meine Freunde, das ist ihnen völlig egal. Unser Hunger interessiert sie nicht. Sie müssen geben, um zu überleben, und wenn wir nicht existierten, wem könnten sie dann geben? Wie könnten sie dann ihr Gewissen beruhigen? Wenn sie geben, dann nicht uns, sondern sich selbst! Sie brauchen uns, um in Frieden leben zu können!"
Salla Niang, die mit der Zubereitung des Essens am anderen Ende des Hofes beschäftigt war und der Rede von Nguirane bis zum Schluß aufmerksam gefolgt war, ging gemessenen Schrittes auf ihn zu. Sie bahnte sich einen Weg durch die dichte Menge und stand nun aufrecht, ganz dicht neben Nguirane. Sie trug eine in der Taille zusammengeschnürte Bluse, die die Rundung ihrer Hüften erahnen ließ. Ganz feine Schweißperlen glitzerten auf ihrer Nase und Stirn. Der Tod von Gorgui Diop hatte sie besonders getroffen. Sie hatte ihn

[45] Wolof: Hirsebrei, der zu einer Art Dickmilch gegessen wird. (A)

noch im Dorf kennengelernt, wo jeder respektvoll behauptete, daß er der engste Freund ihres Vaters gewesen war. Da sie ihren Vater kaum gekannt hatte, übertrug sie ihre Zuneigung auf diesen Mann, der der Freund aller Kinder des Dorfes war. Jeden Abend versammelten sie sich um ihn, und er erzählte ihnen wunderschöne Geschichten über die Entstehung der Welt. Später, als Salla erfuhr, daß er in die Stadt gekommen war, nahm sie ihn sofort bei sich auf.
Der Kummer hatte ihre Gesichtszüge verhärtet. Sie hob ihre Hand zu der Versammlung, eine Hand, in die die schwarze Hennafarbe Arabesken eingraviert hatte.
„Die Stunde der Entscheidung, meine Freunde, hat jetzt geschlagen: ein Hundeleben zu führen, verfolgt, vertrieben und niedergeknüppelt zu werden oder ein menschenwürdiges Leben zu führen. Für Gorgui Diop war es immer der Sinn des Lebens gewesen, Fröhlichkeit in die Herzen der Menschen zu tragen. Aber diese Verrückten wissen nicht mehr, was Fröhlichkeit ist. Wenn schon Gorgui Diop nicht verschont blieb, er, der die Menschen zum Lachen brachte, dann wird niemand verschont bleiben. Also Schluß jetzt mit den heimlichen Stadtgängen, Schluß mit dem Rennen um das eigene Leben, Schluß mit der Beklemmung und der Angst. Bleiben wir alle hier! Hört ihr, bleiben wir hier! Bald schon werdet ihr merken, daß sie uns brauchen wie die Luft zum Atmen. Nennt mir einen Vorgesetzten, der das Almosen nicht dafür gibt, ewig Vorgesetzter zu bleiben! Nennt mir einen Kranken, ob echt

oder eingebildet, der nicht daran glaubt, daß seine Beschwerden in dem Moment verschwinden, in dem das Almosen seine Hand verläßt! Nennt mir einen Aufsteiger, der nicht davon überzeugt ist, daß ihm durch den magischen Akt des Almosengebens alle Tore geöffnet werden! Jeder hat immer einen Grund, warum er gibt. Sogar die Verwandten von Angeklagten benutzen das Almosen, um die Beweisführung des Richters zu verfälschen!"

Alles, was sie mitteilte, hatte Salla Niang in ihrem Leben als Hausmädchen gesehen. Sie hatte in Häusern gelebt, in denen man sich den Bauch bis zum Platzen vollschlug. Von den Resten, die den Mülleimer füllten, hätten zehn arme Menschen ernährt werden können. Aber nie wurden sie herbeigerufen: Sie sind dreckig, lästig und haben schlechte Manieren. Merkwürdig war nur, daß dieselben Hausbewohner, wenn der Marabut empfohlen hatte, drei Tage lang sieben, zehn oder zwölf arme Menschen mit köstlichen Speisen zu versorgen, sich plötzlich auf die Suche machten, sie herbeiriefen, empfingen, sogar verwöhnten und ihnen Gerichte zubereiteten, die sich die Bettler nicht einmal im Traum vorzustellen wagten: Reis mit schön fettem, rotem Fisch, weißer Reis mit zartem Fleisch in reichlichen Mengen, köstliches *baasi salté*[46] mit Rosinen, Gemüseeintopf, Datteln und Dörrpflaumen. Und zum Abschluß jedes Essens bekamen sie schöne frische Kolanüsse zur Förderung der Verdauung.

[46] Wolof: Kuskus, der mit einer köstlichen Soße serviert wird. (A)

Was Salla Niang soeben mitteilte, war also nicht bloß ein flüchtiger Gedanke gewesen. Neben anderen Erfahrungen, die sie gemacht hatte, war es das Ergebnis eines schmerzlichen Ereignisses, das sich eines Tages bei Leuten abspielte, bei denen sie arbeitete und die nicht in Geld schwammen. Da sie die Ohren immer spitzte, die Augen immer wachsam offen hielt, während sie die Betten machte, die Zimmer auskehrte und die Kochtöpfe scheuerte, hatte sie die einzelnen Schritte des Dramas rekonstruieren können, das über der Familie hereingestürzt war. Galaye, der Ehemann, war Vorsitzender der Gewerkschaft in einem Privatunternehmen, das Metalltüren und -fenster herstellte. Dessen Chef sah die von Arbeiterseite gestellten Forderungen nicht gerade gern, da „sie den reibungslosen Ablauf der Arbeit beeinträchtigten und sich auf die finanzielle Lage des Unternehmens negativ auswirken konnten". Dieser Chef handelte nach der Devise „Gewinn, Gewinn vor allen Dingen, nichts als Gewinn". Sie war zu einer Art Litanei geworden, die tagaus, tagein rezitiert wurde, wie zum Applaus auf den Tanz der Funken, die den Schweißbrennern entwichen. Als Rechtfertigung für seine fixe Idee führte er die hohen Steuern an, die er zu entrichten hatte, obgleich alle Arbeiter über die ungeheuren Erleichterungen und Steuerbegünstigungen informiert waren, die ihm in seiner Eigenschaft als ausländischer Kapitalanleger gewährt wurden. Die Rechte der Arbeiter und die primitivsten Sicherheitsvorkehrungen zählten nicht mehr, und Galaye betrachtete es als seine Pflicht, ihn an die Existenz des Arbeitsrechts zu erinnern. Der Chef schätzte Galayes Einmischung nicht besonders und ließ ihn wissen, daß er unter keinen Umständen dulden würde, daß sein als Hilfe für den Staat und die Arbeiter gegründetes Unternehmen in ein politisches Forum verwandelt würde.

„Sie sind hier, um zu arbeiten, und nicht, um Unruhe zu stiften! Wenn Sie nicht mehr arbeiten wollen, dann verschwinden Sie! Es warten Hunderte draußen vor der Tür!"

„Wenn hier jemand verschwinden muß, dann sind Sie es! Wir sind hier in unserem eigenen Land. Sie scheinen das wohl zu vergessen! Befolgen Sie erst einmal die Bestimmungen des Arbeitsrechts, zahlen Sie das Geld für die Überstunden, das Sie uns schulden, besorgen Sie uns Seife für die Reinigung nach der Arbeit! Und ich wiederhole es noch einmal, lassen Sie mindestens zwei Feuerlöscher installieren! Es ist doch nicht zu fassen, daß es in einem Unternehmen wie diesem nichts dergleichen gibt!"

Während diese Worte mit großer Lautstärke gewechselt wurden und durch die Fabrik hallten, über das schrille Pfeifen der Funkenstrahlen der Schweißbrenner hinweg, beugten sich die meisten Arbeiter über ihre Arbeit.

„Aber natürlich, Monsieur Galaye, fahren Sie fort! Und wenn Sie schon dabei sind, warum fordern Sie nicht auch noch eine Klimaanlage, um die Wirkung der Hitze abzuschwächen!"

An jenem Tag endete die Diskussion an diesem Punkt. Aber Galaye hatte nicht abschätzen können, wie arglistig sein Chef werden sollte. Dieser hatte den Eindruck gewonnen, daß eine Welle des Aufruhrs durch die Fabrik zu gehen drohte und die Gewinne gefährdete. Um Galaye entlassen zu können, ohne ihm auszahlen zu müssen, was ihm rechtlich zustand, machte er einige Einheimische zu seinen Komplizen, indem er ihnen eine geradezu phantastische Geschichte glaubhaft machte. Eines Tages behauptete der Lagerist, dem der Chef mitgeteilt hatte, daß ein Lieferschein über zehn schmiedeeiserne Türen gefälscht war, daß ihm eben dieser Lieferschein von Galaye ausgehändigt worden war. Der Chef erhob Klage gegen ihn. Galaye leugnete den Tatbestand und legte einen Eid ab. Der Lagerist indessen blieb bei seinen Beschuldigungen. Schließlich kam Galaye mit drei Monaten Gefängnis auf Bewährung davon und einer Geldbuße für den Wert der Türen, die einzeln auf sechzigtausend Francs geschätzt worden waren, zuzüglich Gerichtskosten.

Galaye blieb sehr lange arbeitslos. Während sich Salla Niang um den Haushalt kümmerte, nähte seine Frau *Hüfttücher*[47] und bereitete *Beignets*[48] zu, die sie verkaufte, um für den Unterhalt der Familie aufkommen zu können.

Eines Tages bemerkte Salla, wie Galaye sehr früh am Morgen eine Bank vor die Haustür stellte und sich darauf setzte. Er hielt ein weißes Blatt Papier

[47] Großes viereckiges Stück Stoff, das sich die Frauen wie einen Wickelrock um die Hüften, manchmal auch wie ein Kleid oder zum Halten des Kindes auf dem Rücken um den Busen binden. (Ü)

[48] Französisch: In Öl frittierte Teigtaschen, vergleichbar mit Krapfen, allerdings ohne Zuckerbelag. (Ü)

in der Hand. Salla beobachtete ihn aus den Augenwinkeln, während sie Feuer machte, und konnte sich seine offensichtliche Nervosität nicht erklären. Wie jeden Tag liefen reihenweise die Bettler vorbei, Galaye aber blieb für ihre Bitten stumm.

Das verwunderte Salla noch mehr. Bis dann schließlich eine alte Bettlerin kam. Sie war sehr schmächtig, runzelig, ihre Augen aber waren noch sehr lebhaft. Auf ihrem Kopf trug sie zwei kleine übereinandergestapelte Kalebassen, und aus ihrer ganz eng gebundenen Kopfbedeckung schauten aschgraue Locken hervor. Als Galaye sie erblickte, rannte er gleich auf sie zu, hielt ihr das weiße Blatt Papier entgegen und sagte:

„Nimm das, *soxna si*[49], es ist ein Geschenk Gottes."

Die alte Bettlerin, die dieses Geschenk sicherlich ein bißchen merkwürdig fand, reagierte einigermaßen überrascht. Sie verzog die Augenbrauen, schaute genau hin, um sich zu vergewissern, daß es wirklich nur Papier war. Die ausgestreckte Hand von Galaye zitterte. Salla stand da und beobachtete sie, den Besen in der Hand.

„Das ist ein Almosen, Großmutter! Ich gebe es dir als Almosen!"

„*Moo doom!*[50] Was soll ich mit einem Blatt Papier anfangen, da ich weder lesen noch schreiben kann?"

[49] Wolof: Anrede, mit der Frauen angesprochen werden. Entspricht im Deutschen etwa dem veralteten „werte Frau". (Ü)

[50] Wolof: Mein Kind! (Ü)

Die Kalebassen auf ihrem Kopf hielt sie immer noch mit beiden Händen fest. Sie schien nicht geneigt, das Blatt Papier an sich zu nehmen.
„Derjenige, der bettelt, darf nicht wählerisch sein. Das ist eine göttliche Ermahnung! Nicht wählerisch sein, nicht verschmähen, was einem gegeben wird!"
„Du magst recht haben, mein Sohn. Aber ein Blatt Papier..."
Sie machte Anstalten umzukehren. Salla sah, wie Galaye sie angsterfüllt und mit fiebrigen Augen anflehte, wie er bat und bettelte. Die alte Bettlerin blieb ungerührt und wollte gehen. Da packte Galaye sie an einem Zipfel ihrer Bluse, kramte in seiner Hosentasche herum und holte eine glänzende Münze hervor, die er der Bettlerin unter die Nase hielt:
„Nimm dieses Blatt Papier, und nimm auch diese Münze!"
Salla dachte sich, daß Galaye sicherlich gerade seinen ganzen Reichtum weggegeben hatte. Es versetzte ihr einen kleinen Stich. Später, als sie die Gespräche durch die Wand hindurch mithörte, erfuhr sie, daß das Verschenken dieses Blattes Papier an eine alte Frau, entsprechend den Anweisungen eines Marabuts, unbedingt notwendig war, um eine Arbeitsstelle zu bekommen.

VI

*D*u müßtest jetzt zufrieden sein! Die Straßenecken in der Stadt sind wie leergefegt, die Bettler sind nicht mehr zu sehen."

Der Ton, mit dem sich Sagar Diouf an Kéba wandte, war fast vorwurfsvoll. Er war kurz davor, sich vollends seinen Träumereien hinzugeben, so sehr berauschte ihn die in vollen Zügen eingeatmete Meeresluft, so gleichförmig war der Anblick der Küstenlandschaft, die an ihm vorüberzog, so bezaubernd die Töne, die aus dem Radio drangen: In diesem kontrastreichen Gesangsduo, bei dem die Stimmen bis in die Ewigkeit zu reichen schienen, um sich dann wollüstig bis ins tiefste Innere unseres Wesens zu verlieren, untermalt durch die schmachtende Wehklage einer *Kora*[51], die geschickte Finger zärtlich streichelten, erkannte Kéba das berühmte Sängerpaar Soundiou Sakho und seine Frau, die die seltsame Fähigkeit besaßen, die härtesten Steine zum Erweichen zu bringen und die kältesten Herzen zu erwärmen.

[51] Gitarrenähnliches Musikinstrument Westafrikas, das sich zusammensetzt aus dem Klangkörper, einer Kalebasse, auf der eine Ziegenhaut gespannt ist, und einem langen zylindrischen Hals, an dem zwei Reihen von jeweils 8 bis 16 Saiten übereinandergespannt sind. (Ü)

„Welch überwältigende Macht, wieviel Zartheit, wieviel Zauber doch in diesen Stimmen ist! Siehst du, Sagar, jedesmal wenn ich sie höre, habe ich das Gefühl, ein wenig von meiner materiellen Konsistenz zu verlieren, während sich ein unbeschreibliches Glück meiner bemächtigt."
„Welche Stimmen?" fragte ihn Sagar.
Die Musik hatte ihre Aufmerksamkeit nicht geweckt. Sie wartete ungeduldig darauf, den neuen Hotelkomplex an der *Petite Côte*[52] zu entdecken, ein echtes Paradies auf Erden, wie man in der Stadt so schön sagte, wohin sie Kéba dieses Wochenende eingeladen hatte.
„Aber... Die Stimme der Kora und die der Sänger!"
„Ach!... Ich sagte dir, daß es in der Stadt keine Bettler mehr gibt. Hast du dein Ziel nun erreicht? Ich vergaß, dich etwas zu fragen: Ist es wahr, daß der Präsident sehr zufrieden ist und daß er aus diesem Grunde Mour Ndiaye in das Amt des Vizepräsidenten berufen wird, das nun eingerichtet werden soll?"
„Ich habe keine Ahnung. Das Gerücht geht zwar in der Stadt um, aber Mour Ndiaye hat mir nichts dergleichen gesagt."
„Wenn er zum Vizepräsidenten der Republik ernannt wird, kannst du sicher sein, daß du Minister wirst! Ich wünsche es dir von ganzem Herzen! Denn du warst es, der die ganze Arbeit gemacht hat."

[52] Eigenname, entspricht dem Deutschen „Kleine Küste". Landstrich an der Küste Senegals, der zu touristischen Zwecken erschlossen wurde. (Ü)

„Ich habe es gemacht, weil es mein Job ist, und nicht, weil ich mir davon irgendeine Beförderung versprach. Im übrigen ist das Problem der Bettler für mich so wichtig, daß ich mich auch dann darum bemüht hätte, mich persönlich darum kümmern zu dürfen, wenn mich der Zufall in eine andere Behörde gebracht hätte."
Sagar brach erneut in schallendes Gelächter aus. Wenn sie das Thema der Bettler anschnitt, wartete sie fast schon auf Kébas leidenschaftliche und fast kindische Reaktion. Die Ader an seiner Stirn war hervorgetreten. Sein Gesichtsausdruck, der einen Augenblick zuvor noch heiter gewesen war, war jetzt angespannt. Und das alles nur wegen einer banalen Bettlerangelegenheit. Sagar würde sich die Beweggründe Kébas niemals erklären können.
„Was ist es bloß, das dich zu den Bettlern treibt? Sie sind arm; hast du etwa kein Mitleid mit den Armen?"
„Was mich zu den Bettlern treibt! Du irrst, Sagar, du siehst nie irgend etwas! Du bist unfähig, irgend etwas zu erkennen! Weißt du denn nicht, daß mich alles an ihnen abstößt? Die Armut hat die Leute noch nie zum Betteln getrieben, denn sie schließt weder die Achtung vor sich selbst noch die Würde aus! Ich habe dir das schon zigtausendmal gesagt!"
Sagar antwortete nicht darauf. Das verschmitzte Lächeln, das eben noch ihr Gesicht erhellte, war verschwunden. In der Stimme und im Gesichtsausdruck Kébas hatte sie etwas bemerkt, was ihr bis dahin nie aufgefallen war: Es glich einem

intensiv verspürten und mit allen Mitteln unterdrückten Schmerz. Sie wunderte sich um so mehr, als sie gedacht hatte, daß Kéba in diesem Augenblick des Erfolges hätte glücklich sein müssen. Sie sah ihn entgeistert an: Seine großen, weit aufgerissenen Augen, die auf den Asphaltteppich starrten, der sich vor ihnen entrollte, hatten sich rot verfärbt. Seine Lippen waren zusammengekniffen, und seine vorstehenden, adernüberzogenen Schläfen pochten fiebrig. Lediglich das stete Brummen des Autos brach das Schweigen, und die mit Salz durchtränkte Brise, die die Palmenzweige entlang der Straße hin und her bewegte, machte ein pfeifendes Geräusch. Das Auto fuhr jetzt langsamer. Kéba warf einen kurzen Blick auf Sagar, zwang sich, die Lippen zu entspannen, brachte aber nur ein verkrampftes Lächeln hervor.

„Sagar, sei mir nicht böse! Meine Wut richtet sich nicht gegen dich, aber gegen diese Leute, die den Menschen einen ungeheuren Schaden zufügen und die, wenn man genauer hinschaut, den echten Armen schaden, das heißt denjenigen, die nichts haben und es trotzdem schaffen, würdevoll und ehrbar zu bleiben..."

Rechts und links der unbefahrenen Straße standen von Zeit zu Zeit Kinder in Gruppen da, mit nacktem Oberkörper, rötlichen, von der Sonne und dem Meer gebleichten Haaren, mit einem breiten, unschuldigen Lächeln, und winkten ihnen mit großen Gesten zu.

„Als ich klein war, sah ich einen frappierenden Fall von Gleichmut bei einer Frau, die weder der

Hunger noch die furchtbare Not zum Betteln bringen konnten... Ich habe eine Familie gesehen... Kannst du mir folgen, Sagar? Ich habe das, was ich dir nun erzähle, nicht von irgend jemandem erfahren, sondern habe es mit eigenen Augen gesehen. Es war eine Familie mit fünf Kindern. Der Mann war eines Tages, als er an Bord einer *Piroge*[53] der primitivsten Art fischen ging, in den Fluten ertrunken. Die Ehefrau, die mit einem Gebrechen am rechten Arm behaftet war, überlebte dank der Hilfe, die ihr einer ihrer Brüder, der Lehrer war, bereitwillig gab, und dank des kleinen Gewinns, den sie beim Verkauf von wenigen gerösteten Erdnüssen erzielte. Es war das einzige, was sie machen konnte, da ihr bei allen anderen Dingen ihre Behinderung im Wege war. Eines Tages fand ein Fest statt, und sie besuchte ihren Bruder, begleitet von ihren fünf Kindern, alles Jungen. Ihr Bruder hatte drei Frauen und eine vielköpfige Familie. Sie alle saßen, zusammen mit denen, die gekommen waren, um aus Anlaß des Festes ihre Ehrerweisung und guten Wünsche vorzubringen, im geräumigen Innenhof um den Herrn des Hauses herum. Die Frau – sie hieß Dibor – machte ihre Begrüßungsrunde und mischte sich unter die Gäste, während die Kinder losrannten und sich zu ihren kleinen Cousins gesellten. Plötzlich zitierte der Herr des Hauses zwei der Kinder mit autoritärer und unangenehmer Stimme zu sich:

„Birama, Famara, hey, ihr beiden, kommt her!"

[53] Einbaum. (Ü)

Die beiden Kinder bahnten sich eilig einen Weg durch die Menge und stellten sich vor ihrem Onkel auf. Der rief dann einen seiner Söhne, Talla, herbei. Die ganze Versammlung schaute sie an. Der Herr des Hauses schrie:
„Birama, Talla hat mir erzählt, daß ihr, du und dein Bruder jeden Tag seine Federhalter in der Schule stehlt. Ihr Gauner! Das, was ich für euch tue, reicht euch wohl nicht?"
Die Kinder bestritten die Tat mit gesenktem Kopf. Ihre Mutter stand von der Stelle auf, wo sie gerade gesessen hatte, und brüllte ihren Bruder mit einer Lautstärke an, wie sie noch nie jemand bei ihr gehört hatte:
„Bougouma, das war eben eine ganz fiese Geschichte, die du da inszeniert hast. Deine Reaktion ist unmenschlich, denn man könnte meinen, du sprächst mit Tieren! Du warst bösartig, denn du wolltest diese kleinen Kinder vor den Augen aller aufgrund einer einfachen Beschuldigung deines Sohnes mit Schmach bedecken. Ist dein Sohn mehr wert als sie? Ist es nicht dasselbe Blut, das in unseren Adern fließt? Du hast wie ein engstirniger Mensch gehandelt! Wieviel Kleinlichkeit in diesem Machtausbruch, und das alles nur wegen ein paar simplen Federhaltern! Du mußt wissen, Bougouma, daß ich zwar nur meine gerösteten Erdnüsse habe und das, was du mir als Hilfe zum Überleben gibst, aber Gott hat mich noch nicht so weit gestraft, daß ich ihnen keine Federhalter kaufen könnte. Dein Sohn ist ein Lügner, und du ermutigst ihn noch dazu!"

Nach diesem Zornesausbruch rief Dibor ihre Kinder und verließ das Haus ihres Bruders, um es nie mehr zu betreten. Während sie ging, tadelten die im Hofe Versammelten, daß „sie mit ihrem Bruder doch nicht so reden konnte, wo er doch auch ein Wohltäter war". Bougouma entzog ihr die Unterstützung, und sie hatten nie mehr Kontakt miteinander.
Kéba erzählte Sagar nicht, daß seine Mutter in dieser Nacht bis zum nächsten Morgen weinte, daß er – der Birama in der Geschichte – sich geschworen hatte, seinem Onkel bis zu seinem Tod nicht zu verzeihen und sich eines Tages für diese öffentliche Schmach wegen ein paar lächerlicher Federhalter zu rächen. Und er hielt Wort: Der Onkel war pensioniert worden. Aber zuvor hatte er alle seine Ersparnisse in die Errichtung des Hauses investiert, in dem seine vielköpfige Familie wohnte. Es wurde ein Enteignungsverfahren gegen ihn eingeleitet, weil er ein staatliches Grundstück bebaut hatte. Die ihm gebotene Entschädigung war so dürftig, daß die Ausgaben, die er für sein Haus getätigt hatte, damit nicht annähernd gedeckt werden konnten. Da entsann er sich seines Neffen, der möglicherweise beim Minister vorsprechen könnte. Er hatte ein Bein schon über die Schwelle des Büros von Kéba gesetzt, während das andere sich noch draußen befand, beschwingt von dem Stolz, der Onkel eines überall in der Stadt angesehenen und hochgelobten Mannes zu sein, als ihn ein flammender Blick und ein furchterregendes Gebrüll empfingen. Das ließ ihn für einige Sekunden in der Tür erstarren,

ein Bein drinnen und ein Bein draußen, unfähig, die Tür ganz zu öffnen oder wieder zu schließen.

„Verschwinde! Ich will dich nicht sehen! Raus, verstehst du, raus hier!“

Sagar hatte den Eindruck, daß sich die Straße um diese Zeit belebte, da sich die Bauern, ihre Ackergeräte auf der Schulter, mit krummem Rücken und in kurzen Hosen auf den Heimweg gemacht hatten. Die Frauen zogen mit großen Holzbündeln oder riesigen Körben auf dem Kopf an ihnen vorbei.

„Die Armut“, fuhr Kéba fort, „ist immer ergreifend, aber die Qualen, die diese Frau danach durchmachen mußte, übersteigen jedes Vorstellungsvermögen. Fünf Mäuler, die gestopft werden mußten. Kinder, die das Ganze nicht verstanden und häufig den Reis verweigerten, der nur mit Wasser und ohne Zucker gekocht war, weil der Verkäufer um die Ecke keinen Kredit gewähren wollte. Und die Mutter, die immer ihre Würde behielt, sich mit Haut und Haaren weigerte, zu bitten und zu betteln, aber der Kinder wegen – und nur der Kinder wegen – gezwungen war, Spenden anzunehmen, Essensreste und abgetragene Kleider, die ihr Nachbarn aus Erbarmen zukommen ließen.“

„Dann nahm sie doch Almosen an!“ rief Sagar aus. „Und du hast sie bewundert!“

„Sie hat niemals die Hand ausgestreckt, um zu betteln, Sagar! Das ist sehr wichtig. Was ich an ihr bewunderte, war ihre Kraft, ihre Willensstärke, der Versuchung zu widerstehen, ihre Gebrechen und ihren Hunger zur Schau zu stellen. Es war auch die Tatsache, daß sie es ablehnte, anderen Geschöpfen die Gelegenheit zu geben, sie anzuherrschen, sie wie eine Unerwünschte zu betrachten. Es war phantastisch, weißt du, daß sie in Momenten, in denen gar nichts da war, des Nachts einen Topf aufs Feuer stellte – ein mageres Feuer aus zusammengesuchtem Reisig –, und in diesem Topf war nichts außer Wasser. Die Kinder warteten. „Der Maniok ist reichlich hart heute, er wird bald weich werden." Und die Kinder hofften darauf. Sie erzählte ihnen Geschichten und sang ihnen die wundervollen Weisen vor, mit denen einst die Ringkämpfer in den Arenen aufgemuntert wurden. Endlich schliefen sie. Nur das älteste unter ihnen, Birama, wußte, daß der Topf lediglich Wasser enthielt."

Sagar hatte den letzten Worten von Kéba nicht einmal mehr zugehört. Sie begnügte sich mit der abermaligen Feststellung, daß Kéba ein recht eigentümlicher Mensch war, der weder wie die anderen dachte noch reagierte. Da kam ihr wieder in den Sinn, wie sie ihn eines Tages um Benzingutscheine gebeten hatte.

„Was willst du denn mit Benzingutscheinen? Du hast doch gar kein Auto, soweit ich weiß."

„Ich will sie einer Freundin von mir schenken. Sie ist im privaten Bereich tätig, und da ist es nicht leicht, welche zu erhalten."

„Gut, laß deine Bekannte hierherkommen."

Als Sagar und ihre Freundin in Erwartung der großen Geste eines großzügigen Chefs sich gegenüber von Kéba niedergelassen hatten, sprach er die Freundin Sagars, die ihm einige Augen-

blicke zuvor vorgestellt worden war, mit den Worten an:
„Mademoiselle Dieng, sind Sie es, die die Benzingutscheine haben will?"
„Ja, Monsieur."
„Was haben Sie für ein Auto?"
„Einen Peugeot 504."
„Wie haben Sie ihn gekauft?"
„Von meinem eigenen Geld, was denn sonst!"
Bis dahin glaubte Sagar, daß es eine ganz normale Konversation war, obwohl sie nicht zu der Art Kébas paßte. „Aber woher soll ich das wissen? Vielleicht ist er heute ausgesprochen guter Laune."
„Sie haben also genügend Geld, sich ein Auto zu leisten!"
Niemand sagte etwas.
„Nun, Mademoiselle, verzeihen Sie bitte, aber da Sie mir persönlich die Gelegenheit dazu geben, möchte ich Ihre Aufmerksamkeit auf gewisse sehr, sehr wichtige Dinge lenken, die Ihnen vielleicht noch nicht aufgefallen sind, weil Sie noch nicht darüber nachgedacht haben... Also: Erstens, finden Sie es nicht entwürdigend, um etwas zu bitten? Zweitens, man muß wissen, wann man Verantwortung übernehmen kann. Wenn Sie soweit gehen, sich ein Auto zu kaufen, dann müssen Sie auch das Benzin bezahlen können. Denn bevor Sie das Auto kauften, wußten Sie sehr wohl, daß es ohne Treibstoff nicht fährt! Und drittens, Mademoiselle, wissen Sie sehr wohl, daß die Benzingutscheine, um die Sie mich bitten, nicht mir gehören, sondern Eigentum des Staates sind. Wenn Sie mich also darum bitten,

verleiten Sie mich dazu, den Staat zu bestehlen. Finden Sie das in Ordnung?"
Sagar spürte, wie sie förmlich im Boden versank. Sie erstarrte vor Scham und sah keine andere Möglichkeit, als in Tränen auszubrechen. Mademoiselle Dieng verlor die Fassung nicht. Sie richtete sich auf, legte ihre Handtasche und ihre große, modische Sonnenbrille mit Spiegelrahmen auf Kébas Schreibtisch, strich ihre enganliegende Bluse über ihrem Rock an der Taille zurecht und knackte mit den Fingern in Kébas Richtung.
„*Yaa tardé!*[54] Du bist zu klein, als daß du mich belehren könntest. Wenn deine Gutscheine dir so teuer sind, dann friß sie doch selbst! Friß sie, mein Lieber. Mein Auto wird auch ohne sie weiterfahren! Sagar, dein Chef ist verrückt!"
Nach dieser Szene hatte sich Sagar geschworen, die Behörde Kébas zu verlassen, sobald sie die Möglichkeit dazu haben würde. Aber mit der Zeit hatten sich die Dinge wieder eingerenkt, denn schließlich sagte sie sich, daß Kéba nicht wie die anderen war und daß sie ihn so nehmen mußte, wie er war.

[54] Wolof: Du bist überholt! (Ü)

VII

Mour Ndiaye war zum Ritter des Verdienstordens ernannt worden, eine Auszeichnung, mit der nur die Söhne der Nation geehrt wurden, denen man außerordentliche Fähigkeiten zuerkannte. Neben dem Oberstleutnant Massaer Sarr war er der zweite Bürger des Landes, der sich mit diesem seltenen Titel schmücken durfte. Sarr wurde für die erfolgreiche Aufdeckung des berühmten Steuerhinterziehungs- und Schmugglernetzes ausgezeichnet, das den Staat Jahr für Jahr um einige hundert Millionen Francs brachte, eine landesweite Plage, die bis dahin niemand hatte unter Kontrolle bringen können. Nach seiner Auszeichnung war der Oberstleutnant Massaer zum Finanz- und Handelsminister ernannt worden, was für Mour Ndiaye, abgesehen von der unablässigen öffentlichen Gerüchteküche und den Gratulationen des Präsidenten, ein zusätzlicher Grund war, sich Hoffnungen auf die Ernennung zum Vizepräsidenten zu machen. Seine Kontakte zu den Marabuts häuften und vertieften sich. Mour begnügte sich nicht einmal mehr mit den Größen seines eigenen Landes. Er suchte gar in fremden Ländern nach ihnen und schickte Vertrauensleute in entfernte Gegenden mit dem Auftrag, die größten Spezialisten des Okkultismus ausfindig zu machen.

Nach all den Glückwünschen, die ihm von allen Seiten zuteil wurden, daß die Straßen, die Marktplätze, die Ampeln, die Schaufensterfronten, die Krankenhäuser, die Banken und die Hotels nun endlich gesäubert waren, hielt sich Mour für den großen Retter, dem die Nation jetzt Huldigungen zu erweisen hatte. Er nahm einen Ausdruck von Selbstgefälligkeit an, gab öfter Diners und Empfänge, um sich von der Crème de la Crème beglückwünscht zu sehen. Er war nicht mehr Mour Ndiaye, sondern „der außergewöhnliche Mann, der es versteht, verzwickte Situationen wieder einzurenken“. Er war eins mit seinem Image geworden.

Eines Tages jedoch wurde Mour seines Daseins als Mensch wieder gewahr, als er nach einer Nacht voller Alpträume aufwachte. Innerlich aufgewühlt, fragte er einen seiner vielen Marabuts um Rat. Der empfahl ihm, einer alten Frau, die unter keinem Gebrechen leiden durfte, ein Almosen von sieben weißen Kolanüssen zu entrichten: „Überreiche sie vor allen Dingen nicht an eine Blinde!“

Wie groß aber war die Enttäuschung, die Beklemmung, die Angst auch, als ihm sein Sohn die Kolanüsse unter dem Vorwand zurückbrachte, keinen einzigen Bettler ausfindig machen zu können! Mour spürte Verärgerung, aber wenn er ganz ehrlich war, hatte er Angst, daß dies ein Zeichen des Unglücks sein konnte. Dieser schreckliche Alptraum, der ihn in Unruhe versetzte und der durch die Schenkung der Kolanüsse neutralisiert werden mußte, sollte der sich etwa bewahrheiten, nur weil die Kolanüsse zurückkamen? Er bekam einen Wutanfall.

„Du Nichtsnutz! Ihr seid alle Taugenichtse! Du bist nicht einmal in der Lage, einem Bettler das Almosen zu überreichen!“

„Doch, Papa. Ich bin sogar weit draußen gewesen. Aber ich habe niemanden gesehen!“

„Du lügst, geh hin und verschenke diese Nüsse! Und wehe, du bringst sie wieder zurück, dann kannst du was erleben! Geh schon, du Faulpelz!“

Aber in dem Moment, als sich sein Sohn auf den Weg machen wollte, hielt ihn Mour zurück.

„Nun mach schon, gib sie mir her!“

Er rief eines seiner Hausmädchen herbei:

„Sally, nimm diese tausend Francs als Belohnung. Versuche, eine alte Frau zu finden, die weder einäugig noch hinkend, noch blind ist, und überreiche ihr diese Kolanüsse! Bring sie auf keinen Fall zurück, Sally! Dieses Almosen muß noch heute verschenkt werden.“

Sally suchte das ganze Viertel ab, ohne einem einzigen Bettler zu begegnen. Aber dieses Viertel war zugegebenermaßen dafür bekannt, von der ständigen Belästigung durch die Bettler verschont geblieben zu sein. Morgens kamen höchstens einige zerlumpte Kinder. Das einzige Geschäft, das für regelmäßige Besuche in Frage kam, war die Bäckerei. Aber auch da hatte der Inhaber – noch lange vor der Säuberungskampagne – sich darum bemüht, diese verschiedenen unerwünschten Bittsteller zu verscheuchen: Bettler, fliegende Händler, Schuhputzer und andere.

„Der Abwasch wartet…, ebenso die Wäsche…, und die Zeit drängt… Was soll ich bloß mit diesen Kolanüssen machen…?“

Sally gab der Versuchung nach, sie los zu werden, indem sie sie einfach wegwarf: Sie legte sie an einen Baum und ging weg. In dem Augenblick aber, als sie den zweifach zusammengefalteten Tausendfrancsschein unter ihren Büstenhalter stekken wollte, überkam sie ein derart schlechtes Gewissen, daß sie schnell kehrtmachte. Sie hob die in ein weißes Stück Papier eingewickelten Kolanüsse auf, wog sie mehrmals mit der Hand ab, stand regungslos da, unschlüssig, was sie nun tun sollte. Zu ihrem Glück erblickte sie einen Eilbus.

„Sei's drum! Ich brauche nur zum Großen Marktplatz zu fahren!... Die Wäsche... Der Abwasch... Wenn ich den Bus nehme, wird es nicht zu lange dauern..."

Sie ging quer über den ganzen Markt. Da es keine Bettler gab, wandte sie sich dem kunterbunten Krimskrams zu, der ihr von den Ständen der Händler entgegenfunkelte. Sie handelte hart und erstand ein Paar Ohrringe, vergoldete Armreife und ein Fläschchen Make-up. Als ihr der Händler das Päckchen mit der Ware reichte, spürte sie wieder das Gewicht der Kolanüsse.

„Bruder, weißt du, wo sich die Bettler jetzt einfinden?"

„Ha-ha! *Xana dëkkulo ci dëkk bi?*[55] Wohnst du nicht in der Stadt?"

„Sicher doch! Und ob ich in der Stadt wohne."

„Weißt du denn nicht, was dort vor sich geht? Einem Bettler zu begegnen ist keine leichte Sache

[55] Wolof: Bist du etwa nicht von hier? Damit bringt jemand seine Verwunderung über die sträfliche Unwissenheit eines anderen zum Ausdruck. (Ü)

mehr. Man sieht sie nicht mehr. Sie holen sich ihre kümmerliche Kost nicht mehr ab, sie wird ihnen jetzt gebracht."

„Wohin?"

„Das ist weit, weißt du! Sie sind im Neubauviertel Parcelles Assainies!"

Sally zählte ihr Kleingeld ab. Von den tausend Francs, die ihr Mour geschenkt hatte, blieben hundertvierzig übrig. Sie hatte nicht das Herz nach Hause zurückzukehren, ohne diese Kolanüsse in die Hände einer alten gesunden Bettlerin gelegt zu haben. „Die Wäsche... Der Abwasch... Aber Monsieur war so nett zu mir..."

„Die Leute sitzen jetzt ganz schön in der Tinte", fuhr der Händler fort. „Sie sind um ihre Bettler gebracht worden. Es ist doch ein Ding der Unmöglichkeit, sich ein Leben vorzustellen, in dem man das tägliche Almosen nur loswird, wenn man dafür zig Kilometer zurücklegt!"

Sally nahm erneut den Bus. Von der Haltestelle aus, an der sie ausstieg, und die schon auf den Namen „Haltestelle der Bettler" getauft worden war, hatte sie keinerlei Mühe, das Haus von Salla Niang zu finden. Es genügte, der zerstreuten Menge von Menschen zu folgen, die aus allen Himmelsrichtungen kamen und die unterschiedlichsten Pakete bei sich trugen. Die untereinander gewechselten Worte, die Beschwerden darüber, einen solch langen Weg machen zu müssen, um das Almosen geben zu können, die Sally zu Gehör kamen, machten ihr klar, daß der Mangel an Bettlern einen Teil der Bevölkerung aufs ärgste

belastete. Sie sah blasse und verängstigt dreinblickende Kranke, die ihr Elend bis an diesen Ort schleppten, um ihr Opfer loszuwerden, in der Hoffnung, dadurch vielleicht den Frieden des Körpers und der Seele wiederzufinden. Sie sah, wie luxuriöse Autos mit allseitig geschlossenen Fenstern den sandigen Weg, der zum „Haus der Bettler" führte, mit rasendem Tempo zu bezwingen versuchten. Sie hörte das Lamento von bescheidenen Menschen, die verurteilten, daß sich die Bettler so rar gemacht hatten:
„Sie übertreiben! Sie machen sich über die Leute und die göttlichen Vorschriften lustig. Das müssen Sie sich einmal vorstellen! Um das vorgeschriebene Almosen von sieben Würfeln Zucker oder einer Kerze entrichten zu können, muß man diese Herren und Damen mit einer zusätzlichen Belohnung beehren, die vom Kilo Zucker bis zur warmen und nicht geflickten Decke gehen kann. Und dann suchen sic sich auch noch das Beste davon aus! Sie haben ihre Forderungen: Sie verlangen nach dem Fleisch in der Suppe. . . Aber was soll man machen?"

VIII

In seiner Neujahrsansprache teilte der Präsident der Republik der Nation seinen Optimismus im Hinblick auf die Zukunft des Landes mit. Er verkündete, daß eine Ära des Wohlstandes begonnen habe, und sprach allen Bürgern des Landes Mut zu, unverdrossen für das Wohl des Staates weiterzuarbeiten. Als Beispiel zitierte er Mour Ndiaye, dem aufgrund seiner Fähigkeiten, seiner Intelligenz und seines Mutes die Befreiung der Stadt vom menschlichen Abfall gelungen sei, was zum Aufschwung des Tourismus beigetragen und wiederum zu einer erheblichen Verbesserung des Lebensstandards der Bürger geführt habe, da das Pro-Kopf-Einkommen der Bevölkerung eine sehr beträchtliche Steigerung erfahren habe.

Diese aufs neue in der öffentlichen Ansprache verkündeten und an Mour Ndiaye gerichteten Glückwünsche – in einer Ansprache, durch die darüber hinaus die naheliegende Neubildung der Regierung und die Nominierung eines Vizepräsidenten der Republik bestätigt wurde – stellten in den Augen aller den Beweis für die unmittelbar bevorstehende Beförderung von Mour und die Absetzung seines vorgesetzten Ministers dar. Im übrigen führte dieser seit einiger Zeit einen offenen Krieg gegen Mour. Immer, wenn sich eine günstige Gelegenheit bot, sei es bei Empfängen, politischen Sitzungen oder Versammlungen der

Fachausschüsse, machte er sich einen Spaß daraus, in Erinnerung zu rufen, daß Mour zwar mit Sicherheit jemand mit Sinn für Politik im volkstümlichen Sinne des Wortes sei, daß er daher die Kunst beherrsche, die Massen zu mobilisieren, aber keinerlei Ausbildung habe, mit der er einen Anspruch auf die Führung der Regierung begründen könne. „Er, der nicht einmal in der Lage ist, sich in der offiziellen Sprache des Landes korrekt auszudrücken, wie sollte er dieses Amt bewältigen können?“ Auf die zahlreichen Fragen des verbitterten Ministers antworteten einige mit Ironie: „Und die technischen Berater, wozu sind die denn da?“

Als diese böswilligen Äußerungen an die Ohren von Mour drangen, fühlte er sich nicht übermäßig attackiert. Er sah darin die Gehässigkeit und das Elend eines Mannes, der die Wonnen der Ehrerbietungen gekannt und sich ihnen hingegeben hatte, ohne einen Gedanken an eine andere mögliche Zukunft zu verschwenden, und der wußte, daß er nun von seinem Sockel stürzen würde. Mour hatte dem Hohngelächter und den Anspielungen des Ministers und seiner Gefolgschaft nie besonders große Aufmerksamkeit geschenkt. Er begnügte sich damit, die Marabuts zu bitten, ihn vor allen Verwünschungen, die gegen ihn ausgesprochen würden, zu schützen und ihm zu helfen, so schnell wie möglich zu diesem heiß ersehnten Amt des Vizepräsidenten der Republik berufen zu werden. Mour war sich dessen bewußt, daß viele andere Verantwortliche des Landes dieses Amt auch begehrten. Deshalb war er dem Ratschlag von Serigne Birama gefolgt, sich in Gebeten an Gott zu wenden und in Ruhe und innerer Heiterkeit auf die Gloriole zu warten, mit der ihn der Schöpfer in nicht allzu ferner Zeit schmücken sollte, und hatte sich in ein entlegenes Hirtendorf mitten im Busch begeben, das für die Unfehlbarkeit der Weisheit seiner Marabuts bekannt war. Er kam in Begleitung eines Mannes zurück, der im Umkreis von vielen Kilometern dafür bekannt war, daß es nichts gab, was vor ihm standhalten konnte. Man erzählte, daß er mit den Dschinnen in Verbindung stand und daß sie ihm all seine Wünsche, selbst die unrealistischsten, erfüllten. Niemals hatte je einer sein Gesicht zu sehen bekommen, das ewig unter einer *Chechia*[56] verborgen war, unter der lediglich zwei kleine rote Augen sichtbar wurden, mit einem Blick so scharf wie eine Stahlklinge. Alle riefen ihn mit dem merkwürdigen Namen Kifi Bokoul, denn nach der Legende, die um seine Person gesponnen wurde, hatte seine Mutter lange Jahre unter Unfruchtbarkeit gelitten. Weder die Pülverchen noch die Tränke, noch die Beschwörungen an die schwarze Nacht mitten im tiefsten menschenleeren Busch hatten ihren Wunsch nach einem Kind erfüllen können. Und dabei hatte sie nichts von einer griesgrämigen Rabenmutter: Sie war die Güte in Person. Eines Tages begab sie sich mit ihrem Mann zum Fetisch-Baum des Dorfes. Bis an den Rand der

[56] Die Chechia ist die landesübliche Kopfbedeckung. In der arabischen Manier bindet man sich ein längliches Stück Stoff meist in Form eines Zylinders oder eines Kegels um den Kopf. (Ü)

Tränen hatte er die Geister beschworen, seiner Frau zur Hilfe zu kommen, die in den siebzehn Jahren ihrer Ehe nie gewagt hatte, die Augen zu erheben, um ihm direkt ins Gesicht zu schauen, und die auch seine eigenwilligsten Befehle immer befolgt hatte. Für diese beispielhafte Frau brachte er den Geistern in der Frische des gerade anbrechenden Morgengrauens Goldpuder, Milch einer Kamelstute und das dampfende Blut eines Stiers zum Opfer. Danach war eine riesige Schlange vom Baum heruntergekommen und hatte sich an das Ehepaar gewandt mit den Worten: „Es wird ein Kind aus dem Schoße dieser Frau kommen, ein Kind, dessen Augen sehen werden, was ihr nicht wahrnehmen könnt. Denn das Wesen, das diese Frau gebären wird, wird zwar von euch kommen, es wird unter euch leben, aber es wird nicht von derselben Art sein wie ihr." Nachdem sie diese dunklen Worte gesprochen hatte, befahl die Schlange der Frau zu tanzen. Sie hatte getanzt und getanzt und getanzt und kam in Trance und schlief schließlich ein. Daraufhin hatte sie ihr Mann auf seine kräftigen Schultern gehoben, und gemeinsam kehrten sie zu ihrer Bleibe zurück. Wenige Zeit später wurde das Kind, dem der Name Kifi Bokoul gegeben werden sollte, gezeugt.

Mour Ndiaye nahm Kifi Bokoul, wie so viele andere Marabuts vor ihm, bei sich zu Hause, bei Lolli, auf. Sine, die zweite Ehefrau wurde nämlich nach wie vor umhegt und mit materiellen Dingen überschüttet. Aber Lolli war es, die in alle Geheimnisse von Mour in bezug auf die Marabuts eingeweiht war. Er war überzeugt, daß Lolli, was auch immer geschehen mochte, seine Geheimnisse niemals preisgeben würde, denn das hätte bedeutet, daß sie aus dem für sie zugeschnittenen Rahmen gefallen wäre. Sie war aber derart geformt worden, daß sie sich niemals irgendeine Abweichung von diesem Rahmen erlaubt hätte. Der Beweis dafür war, daß sie sich nach ihrer ersten lebhaften Reaktion, die sie wegen der zweiten Heirat Mours gezeigt hatte, nun mit der neuen Situation abfand. Lolli würde sich garantiert nie irgendeine Abweichung erlauben. Selbst die einzige Eskapade, zu der sie sich vor langer Zeit hatte hinreißen lassen, hatte noch zusätzlich dazu beigetragen, den Rahmen zu festigen, innerhalb dessen sie sich bewegte. Der Anlaß war das unschuldige Ausreißmanöver sämtlicher Mädchen des Viertels gewesen, die sich auf die Suche nach einer Tätowierfrau in das benachbarte Dorf begeben hatten. Sie hatte das Haus der Eltern ohne jede Vorwarnung verlassen, aber da jene feststellten, daß alle heranwachsenden Mädchen verschwunden waren, hatten sie begriffen, was vor sich ging: Sie empfanden riesige Freude und waren äußerst stolz, daß es ihnen gelungen war, ihrer Tochter die unbedingte Notwendigkeit einer Eigenschaft einzutrichtern, die jedem tadelnswerten Verhalten einen Riegel vorschob: die Eigenschaft des *jom*[57]. Zusammen mit den Eltern der anderen Mädchen hatten sie

[57] Wolof: Bezeichnung für die Würde und die Ehre einer Person in einem. (Ü)

Vorbereitungen getroffen, um die zu ehren, die weggegangen waren, um sich dem Schmerz zu stellen. Sie bereiteten ungeheuere Mengen Kuskus zu und trafen die Wahl des Stiers, der anläßlich der Festlichkeiten geschlachtet werden sollte, die zum Empfang der Heranwachsenden stattfinden sollten, sobald sie von der Probe der Tätowierung zurückkehren würden. Und eines Tages vernahm man das Trommeln der Tamtams am Eingang des Dorfes, und alle Dorfbewohner eilten den Initiierten entgegen: Ihre Unterlippen waren bis zum unteren Rand des Kinns mit Indigo gefärbt, sie tanzten und sangen im Rhythmus der Tamtams und klatschten fröhlich in die Hände, während die Tätowierfrau, die sie zurückbegleitete, ihre Lobeslieder sang und von den Dorfbewohnern mit zahlreichen Geschenken bedacht wurde. Auch alle jungen Männer nahmen an dem Fest teil. Bei dieser Gelegenheit war Mour zum ersten Mal von dem äußeren Erscheinungsbild von Lolli Badiane zutiefst beeindruckt gewesen: Hoch aufgeschossen wie eine Gazelle, frisch wie eine Meeresbrise, kehrte sie von der einzigen Eskapade zurück, die toleriert wurde, weil es eine Eskapade der Ehre war.

IX

Kifi Bokoul sperrte sich sieben Tage und sieben Nächte lang im Hause von Lolli in einer Gästen vorbehaltenen, kleinen Wohnung ein. Er ernährte sich nur von Kuskus, der mit lauwarmem Wasser begossen war und der ihm jeden Abend kurz vor Sonnenuntergang vor die Wohnungstür gestellt wurde, da es niemandem gestattet war, den Marabut während dieser Zeit der Einkehr zu sehen. Nach sieben Tagen und sieben Nächten, die Mour so lange vorkamen wie Jahrhunderte, gab Kifi Bokoul sein Verdikt ab:
„Was du willst, das wirst du bekommen, und zwar sehr bald. Du wirst Vizepräsident. Dafür mußt du einen Stier opfern, dessen Fell einfarbig ist, am besten fahlgelb. Die Erde muß mit dem Blut dieses Stiers getränkt werden. Du wirst ihn hier schlachten, im Hof dieses Hauses. Anschließend wirst du ihn in siebenundsiebzig Teile aufteilen, die du an die Träger des *bàttu* verteilen mußt."
„Was sind das, die Träger des *bàttu?*" fragte ihn Mour.
„Das sind die Bettler, die überall in den Straßen herumlaufen. Dieses Almosen muß an seinen wahren Bestimmungsort gelangen, sonst könnte alles schiefgehen. Es muß an die *miskin* gehen, das heißt an echte arme Menschen, Menschen, die nichts haben, überhaupt nichts, und die ohne

das *bàttu,* das sie den Vorbeigehenden entgegenhalten, an Hunger sterben würden. Hast du meinen Worten gut zugehört?“

„Ich habe sehr wohl zugehört; ich habe alles verstanden. Alles wird so gemacht, wie du es gesagt hast.“

„Aber dieses Opfer, das du bringen wirst, darf nicht nur im Umkreis eines einzigen Stadtviertels verteilt werden. Du bist dazu berufen, in der ganzen Stadt, überall im ganzen Land hoch geachtet zu werden. Du wirst ein Mann von großem Ansehen sein, und dies mußt du durch die Art, wie du das Opferfleisch verteilst, symbolisch zeigen: Verschenke dieses Fleisch in der ganzen Stadt, an die Bettler aller Stadtviertel.“

„Inschallah, Serigne. Inschallah, ich werde deinen Empfehlungen folgen. Und wenn ich alles getan habe, werde ich dann das erhalten, was ich begehre...?“

„Die mich kennen, wissen, daß ich noch nie leere Versprechungen gemacht habe.“

„Das ist wahr. Das ist wahr, Serigne... Das ist absolut nicht zu bestreiten.“

„Wenn du das Almosen wie angegeben entrichtest, mit zusätzlich drei mal sieben Metern weißem, nicht seidigem Stoff sowie siebenhundert Kolanüssen, wovon dreihundert rot und vierhundert weiß sein müssen, wirst du eine Woche später Vizepräsident. Es wird nicht länger dauern als eine Woche.“

Mour bebte vor Glück. Er beobachtete Kifi Bokoul aufmerksam, als wollte er sein Geheimnis lüften. Aber er sah nur ein winzig kleines, zusam-

mengeschrumpftes Hutzelmännchen auf einem Schaffell, das groß genug war, um ihm als Schlafstätte zu dienen, da er wie eine Kugel darauf zusammengerollt war. Sein ganzes Wesen war in einen Bubu aus blauem Baumwollstoff eingehüllt, den er am Leibe trug. Und als Mour es riskierte, an diesem Kopf, den eine durch den Bubu vollständig verdeckte Hand stützte, irgend etwas zu entdecken, stieß er unter der im Verhältnis zur schmächtigen Silhouette des Mannes viel zu üppigen Chechia auf zwei kleine bewegliche Löcher, die sehr tief zu sein schienen.
„Gewiß, dieser Mensch ist außergewöhnlich, es ist gar kein Mensch... Nein, es ist kein Mensch... Eine Woche nach dem Opfer..."
„Wenn du das Almosen wie vorgegeben verteilst und man dich nicht nach einer Woche nominiert, dann spucke auf meine Chechia, ziehe mich in den Dreck, nimm mir sogar das Leben, wenn du kannst!"
Nach dieser Unterredung am Ende von sieben Tagen und sieben Nächten der Einkehr verabschiedete sich Kifi Bokoul von Mour. Dieser bat Koulé, den treuesten seiner Chauffeure, ihn bis zu seinem Dorf zu fahren, dann begann er, über die Worte „dieses Menschen, der kein Mensch ist" nachzusinnen. Und plötzlich fiel ihm wieder ein, daß die Bettler nicht mehr in den Straßen herumliefen, daß er sie von der Straße vertrieben und sie gezwungen hatte, sich irgendwo, in den verborgensten Winkel eines der Viertel am Stadtrand zurückzuziehen und sich nicht mehr von dort zu rühren.

„Sally! Sally!"
„Ja, Monsieur. . ."
„Vor einigen Tagen, wo hast du da die Kolanüsse abgegeben?"
„Sehr weit weg, Monsieur. Im Haus der Bettler."
„Aha! – Sie haben ein Haus?"
„Ja, im Neubauviertel Parcelles Assainies. Die Leute begeben sich alle dorthin, um ihnen das Almosen zu entrichten. Damals, für die Kolanüsse, da habe ich den Bus genommen."
„Gut, das reicht. Du kannst wieder gehen."

O

Bei den Bettlern lebte man im Zeichen des Überflusses. Vor lauter Nichtstun von morgens bis abends fing man sogar an, sich zu langweilen. Die Geschenke regneten vom Himmel, und in letzter Zeit machte sich ein stärkerer Menschenandrang und viel mehr Großzügigkeit bemerkbar. Der Laden von Salla Niang mußte um eine Fleischtheke erweitert werden, wo sich alle Bewohner des Viertels mit Fleisch bester Qualität versorgten. Eines Tages unterbrach Nguirane Sarr, der jetzt angefangen hatte, Gitarre zu spielen, um die sich sehr in die Länge ziehenden Mußestunden zu füllen, jäh seine Vorstellung, indem er sich an seine Leidensgenossen wandte:
„Da geht bestimmt etwas in der Politik vor! Diese überschäumende Aktivität, diese Luxuswagen, die Tag für Tag hier vorgefahren kommen, diese wunderschön gehörnten Schafböcke. . . Das kann nur mit der Politik zusammenhängen."

„Nein, im Radio hätten sie davon berichtet... Im Radio war nicht von Wahl die Rede..."

„Ihr seht doch", sagte Nguirane, „daß ich Recht hatte. Jetzt brauchen wir uns nur noch niederzulassen, und schon fällt uns alles vom Himmel. Schluß mit den morgendlichen Streifzügen, Schluß mit dem überstürzten Davonlaufen, Schluß mit den gerissenen Stimmbändern, die wir uns zuzogen beim Versuch, den tosenden Lärm zu überschreien."

„Das war hart, sehr hart. Und wenn ich daran denke, daß wir ohne dich, Nguirane, dieses schmerzvolle Versteckspiel vor unseren Verfolgern weitergespielt hätten und dabei weiterhin Federn gelassen hätten!"

„Ihr Fehler ist", fuhr Nguirane fort, „daß sie sich nie die Frage gestellt haben, warum wir betteln."

„Das sind doch keine Fragen, die man sich stellen darf. Nein wirklich, Nguirane, manchmal redest du wie im Traum! Warum wir betteln! Die Antwort ist einfach: Wir betteln, weil wir nichts haben!"

„Klar! Wir betteln, weil wir aufgrund der Gebrechen, von denen wir heimgesucht wurden, nicht arbeiten können!"

„Wenn wir betteln, dann deswegen, weil nicht alle Individuen die gleichen Chancen haben, und deshalb müssen die Betuchteren einen Teil ihres Reichtums an die Ärmeren verschenken. So sieht es die Religion vor. Wenn wir betteln, fordern wir lediglich den Teil, der uns zusteht!"

Nguirane ließ seinen Leidensgenossen Zeit, nach Erklärungen für ihre Situation als Bettler zu suchen. Als wieder Ruhe eingekehrt war, sagte er:

„Die Chancen sind mit Sicherheit nicht die gleichen! Ihr seht es zum Beispiel an meinem Cousin, der mich hier oft besucht. Er hat die höhere Schule besucht, er ist ‚Stutent' in der größten Schule der Stadt, und bald ist er ein ‚Dokter', so Gott will. Er wird sich um die Kranken kümmern."
„Ist das wahr? Wenn ich das gewußt hätte, hätte ich ihm meine offenen Wunden gezeigt und ich hätte ihn gebeten, mir ein Medikament zu geben! Es juckt so schrecklich und juckt..."
„Bitte, Nguirane, sag ihm, er soll mir helfen, ins Krankenhaus zu kommen. Mein Kind ist schon ziemlich lange krank. Es hustet und übergibt sich ohne Ende. Ich binde es auf meinem Rücken fest, nehme den Bus bis zum Krankenhaus, aber dort lassen sie mich nicht hinein: Sie verlangen ein Papier von mir, das ich vom Krankenpfleger in der hiesigen Ambulanz nicht bekommen kann. Drei Tage Hin- und Herfahren für nichts, mit dem Kind, das von Stunde zu Stunde immer schwächer wird!"
„Dieser Cousin und ich", fuhr Nguirane fort, „wir sind im Dorf zusammen aufgewachsen. Sein Vater und meine Mutter haben denselben Vater und dieselbe Mutter. Als ich mein Augenlicht noch nicht verloren hatte, gingen wir zusammen in die Koranschule..."
„Ach, bist du nicht mit deiner Blindheit auf die Welt gekommen?"
„Nein, ich war schon ein kräftiger Bursche, als mich dieses Übel traf. Es kam infolge einer Krankheit... Ich war bei demselben Marabut

wie mein Cousin. Wir bettelten beide um unsere Nahrung; von Tür zu Tür ließen wir unsere schwachen Stimmen vernehmen, und die Leute, die nicht reich waren im Dorf, gaben uns trotzdem ein bißchen von dem, was sie hatten..."

„Die Stadt verändert die Leute... Sie werden von ihr angezogen, und sie zerstört sie..."

„Die Bettelei", fuhr Nguirane fort, „wurde nicht für eine Plage gehalten. Sie war ganz selbstverständlich für diejenigen, die sich gezwungen sahen zu betteln, und diejenigen, die gaben, faßten dies als eine Pflicht auf..."

„*Bilaay*[58], Nguirane, *yaa bëgg waxtaan* – du liebst es wohl zu palavern! Wenn du nicht plaudern kannst, bist du nicht zufrieden."

„Salla, laß mich in Ruhe und kümmere dich um den Kochtopf. Heute möchten wir einen schönen saftigen Kuskus, hörst du! Ich hoffe, du hast da auch die Innereien und den Kopf hineingegeben. Sollte die Sauce nämlich nicht sämig genug sein, werde ich es deinem ‚Onkel' berichten, und der wird sich darum kümmern, dich wieder zur Ordnung zu rufen."

Alle brachen in schallendes Gelächter aus. Salla schüttelte bloß den Kopf und lächelte, während sie weiter ihre Zähne mit einem Stengel *sump*[59] abrieb.

„Und eines Tages", nahm Nguirane seine Erzählung wieder auf, „wurde mein Cousin in die

[58] Arabisch: Ich schwöre es! (Ü)

[59] Wolof: Baum, dessen eßbare Früchte einen mandelartigen Kern enthalten, aus dem ein köstliches Öl gewonnen wird. Die dünnen Äste dienen als eine Art Zahnbürste, auf der lange herumgekaut wird. (Ü)

Schule geschickt, während ich, nachdem ich mittlerweile meinen Vater verloren hatte und für immer in die Finsternis einer endlosen Nacht eingetaucht war, von meiner Mutter einem Marabut in der Gegend anvertraut wurde, da sie nicht mehr für meinen Lebensunterhalt aufkommen konnte. Aber auch wenn ich nicht blind wäre, könnte ich dann, ohne irgend etwas gelernt zu haben, ohne irgendeine Ausbildung einen Beruf ausüben?"

„Aber du übst doch deinen Beruf aus! Du bist Bettler!"

Nguirane reagierte nicht auf diesen Witz, der von drüben, vom anderen Ende des weitläufigen, mit Männern und Frauen aller Altersstufen bevölkerten Innenhofes kam.

„Dank des Schultores, das meinem Cousin geöffnet wurde, dank der Intelligenz, die ihm Gott gab, hat er den Absprung geschafft. Wir, wir glaubten da herauszukommen, indem wir in die Stadt gingen, die wir uns in unseren Träumen als das Paradies vorstellten, wo es an nichts mangelt . . ."

„Also wirklich, Nguirane, du hast immer etwas auszusetzen. Was fehlt dir denn jetzt schon wieder? Früher, da bist du betteln gegangen, manchmal wurdest du angepöbelt, andere Male hat man dir etwas gegeben. Später wurdest du gejagt wie ein tollwütiger Hund; jetzt bleibst du hier, und alles wird dir hierher gebracht: Kleidung, Nahrung, Geld. Was brauchst du mehr? Glaubst du, die Arbeiter haben das alles?"

„Salla, ich beschwere mich nicht. Und selbst mein Cousin hat mir gesagt, daß wir uns nicht beschweren dürften und daß wir schon längst so hätten handeln müssen. Wenn er hierher kommt und sieht, wie die Leute uns belagern, lacht er sich schief, und wie! Nein, nein, ich beschwere mich nicht, ich habe nur versucht, nach den Gründen zu suchen, warum einige zum Betteln gezwungen sind und anderen nichts fehlt."

„Nun, diese Gründe, wenn du weiterhin versuchst, nach ihnen zu suchen, dann drehst du durch, *rakaaju ba doylé*[60], denn, betrachte doch einmal deine Hand, sind deine fünf Finger gleich? Nguirane, deine Reden ermüden uns!"

Nguirane griff wieder nach seiner Gitarre, rückte seine Brille schön zurecht und bat alle Versammelten, mit ihm zu singen:

„Salla, bring den Kuskus zum Kochen
Einen guten *baasi salté*
Maniok, *fíebbé* und Kürbis
Baasi salté kajor
Baasi salté jolof[61]
Fett in der Art von *diwu fíor*
Das Mark von Tomaten
Baasi salté buur[62]."

[60] Spruch in Wolof. Wortwörtlich könnte man ihn im Deutschen wie folgt wiedergeben: Verrückt sein zum Überschäumen. (Ü)

[61] Wolof: „kajor" und „jolof" sind die Namen von ehemaligen senegalesischen Königreichen. (Ü)

[62] Wolof: „buur" bedeutet „König". „Baasi salté" ist eine besondere senegalesische Spezialität, die mit Kuskus zubereitet wird. Der „Baasi salté buur" ist gewissermaßen die königliche Version dieser Spezialität. (Ü)

X

Nach der Abreise des mysteriösen Kifi Bokoul konnte Mour die ganze Nacht kein Auge zumachen. Nichts war einfacher, als einen Stier mit einfarbigem Fell, drei mal sieben Meter weißen, nicht seidigen Stoff und siebenhundert Kolanüsse zu besorgen, aber wie konnte man das alles in der ganzen Stadt verteilen, wo es doch nirgendwo mehr Bettler gab? „Entrichte das Almosen wie vorgegeben, sonst droht alles schief zu gehen." Was hatte Kifi Bokoul damit wohl sagen wollen? – „Kann man dieses Fleisch nicht wie üblich von Haus zu Haus in den Stadtvierteln des gemeinen Volkes verteilen?"

Mour wußte wohl, daß es in den Stadtvierteln des gemeinen Volkes Leute gab, die dieses Fleisch mit größter Freude entgegennehmen würden, da sie nicht immer die Mittel hatten, es sich auf dem Markt zu besorgen. „Aber", sagte er sich, „Kifi Bokoul hat mir ganz klare Anweisungen gegeben. Wenn ich sie nicht befolge und die Dinge nicht so laufen wie vorgesehen, liegt die Schuld für die Niederlage allein bei mir... Eine Woche später... Wo sind die Träger des *bàttu* zu finden? ... Wie soll ich das anstellen?"

Eine Nacht voller Sorge, während der Mour sämtliche Möglichkeiten, die ihm die Lösung seines Problems hätten herbeiführen können, Revue passieren ließ: Das Fleisch aus der Stadt in eine

andere Provinzhauptstadt befördern? – „Nein, nein, nein, Kifi Bokoul hat wohl von hier gesprochen, wo ich wohne, nein, das kann es nicht sein... Welche Ironie des Schicksals!... Diese Bettler, von denen ich seit einiger Zeit sogar vergessen hatte, daß sie überhaupt existieren... Man weiß ja nie... Man weiß ja nie, was der morgige Tag bringt... Sally sagt, daß sie ein Haus haben. Vielleicht kommt es aufs gleiche heraus, ihnen das Fleisch hinzubringen, denn sie waren es ja, die sich in den Straßen herumtrieben..."
Die Gedanken führten Mour ausgerechnet in dem Augenblick zu Serigne Birama, als er Bedauern darüber verspürte, daß Kifi Bokoul schon so weit weg war. Er beschloß, Serigne Birama zu konsultieren, um in Erfahrung zu bringen, ob es keine Möglichkeiten gäbe, diese Schwierigkeiten zu umgehen.
Das Dorf Keur Gallo war kaum aus seiner Erstarrung erwacht, als der große Mercedes vor dem Hause Serigne Biramas anhielt. Mour hatte sich noch vor dem Morgengrauen auf den Weg gemacht, damit er in den frühen Morgenstunden an einer wichtigen Sitzung im Ministerium teilnehmen konnte. Er fand Serigne Birama betend vor und mußte etwa dreißig Minuten warten, bis die Perlen die Runde durch die dürren Finger des Sklaven Gottes gemacht hatten. Als Mour sah, mit wieviel Leidenschaft Serigne Birama sein ganzes Wesen der Anrufung und der Lobpreisung Gottes hingab, kam es ihm einen kurzen Moment so vor, als wäre sein verehrter Marabut im

Begriff, jede materielle Dimension zu verlieren und in die heiligen Sphären der geistigen Welt aufzusteigen. Er fühlte sich zutiefst gerührt, was seinen Glauben in diesen Menschen nur noch bekräftigte.

„Mour, Ndiaye, Ndiaye, Ndiaye. Geht es dir gut?"

„Sidibé, Serigne: Sidibé. Es geht mir ausgezeichnet, Sidibé."

„*Al hamdulilai*"[63], Ndiaye. Es ist schon lange her, ziemlich lange her... Ist es die Arbeit, die dich aufhält?"

„Ja, Serigne, nichts als Arbeit. Wir sind überlastet. Aber auch wenn ich nicht komme, gibt es keinen Augenblick, in dem ich nicht an dich denke."

„Das glaube ich gern, Ndiaye. Das weiß ich, Ndiaye. Dein Körper ist nicht oft hier, aber deine Hand ist ohne Unterlaß zu uns ausgestreckt. Gott ist es, der dich entlohnen wird."

„Amiin, Sidibé... Heute bin ich zu dir gekommen, weil ich dir eine sehr wichtige Frage stellen muß, und du bist die einzige Person, die mich beruhigen kann... Nun... Ich muß ein Opfer darbringen... Das Opfer eines Stiers..."

„Das ist gut. Es ist immer gut, ein Opfer darzubringen. Es ist eine Art, dem Schöpfer zu danken, der dir das anvertraut, was du dann den Armen schenkst, um ihnen zu helfen, ihr Elend zu ertragen. Das ist recht so. Jedesmal, wenn du geben kannst, tue es! Das Glück hat keinen festen

[63] Arabisch: Ausruf der Zufriedenheit, der Erleichterung, der soviel bedeutet wie „Gott sei Dank!" oder „Gottlob!" (Ü)

Wohnsitz. Gott vergibt es nicht auf endgültige Art und Weise. Er leiht es lediglich aus. Das darfst du niemals vergessen."

„Das ist wahr, Sidibé... Das ist wahr. Aber ich bin in einer sehr mißlichen Lage... Es gibt keine Bettler mehr in den Straßen der Stadt. Das Opfer aber, das ich darbringen muß, soll an die Bettler der Straße gehen... An *boroom bàttu.*"

„Wie kann so etwas geschehen? Eine Stadt ohne Bettler? – Ach ja richtig, da fällt es mir wieder ein, du hast mir eines Tages erzählt, daß ihr einen Kampf gegen die Bettler führt!"

„Ja, wegen der Erfordernisse des Fortschritts hat man sie aus dem Verkehr ziehen wollen."

Serigne Birama senkte eine Weile seinen Kopf und verharrte in einer meditativen Pose, dann richtete er ihn wieder auf, schaute Mour lächelnd an und sagte:

„Ihr habt gegen die Bettler gekämpft... Wer hat gewonnen?"

Mour wurde verlegen. Er hatte feststellen müssen, daß die beängstigende Ungewißheit, in der er seit dem Verdikt Kifi Bokouls lebte, eine klare Umkehrung der Machtverhältnisse bedeutete. Er glaubte fest an das, was ihm „dieser Mensch, der kein Mensch ist" gesagt hatte, und er war überzeugt, daß sein Schicksal von diesem Zeitpunkt an vollständig in den Händen der Bettler lag, die er von ihren strategischen Plätzen vertrieben hatte. Nur lag ihm sehr viel an diesem Amt des Vizepräsidenten: Er hatte seine ganze Hoffnung darauf gesetzt. Er hatte sich diesen Schuh bereits angezogen, denn auch die kleinste Handlung, jedes Vorhaben und jede einzelne Entscheidung bedachte er im Hinblick auf seine zukünftige, bald bevorstehende Position – nur noch eine Woche – als Vizepräsident der Republik und führte sie entsprechend durch.

„*Céy yalla!*“ fuhr Serigne Birama fort. „Die Welt von heute bringt alles aus der Ordnung!“

Mour versuchte – übrigens auf recht ungeschickte Art –, seine Verlegenheit zu überwinden und mit einem banalen Witz das Gespräch auf einen freundlichen Umgangston zurückzuführen. Dabei brachte er ein gequältes Lachen hervor:

„Ach, Serigne, jetzt fängst du auch damit an! Ihr mögt die Veränderungen nicht. Dabei sind sie notwendig, weil sich die Welt verändert. Und sie verändert sich häufiger zum Guten als zum Schlechten. Sieh mal, früher brauchte man Monate, um zu den Heiligen Stätten[64] zu kommen. Heute ist man in wenigen Stunden dort.“

„Das ist richtig, aber das, das ist das Werk Gottes. *Xéwëlu yalla la mbirum yalla la!*[65] Jetzt sag mir aber, wenn ihr die Bettler zur Flucht getrieben habt, warum entrichtest du das Almosen nicht auf andere Weise? In den Häusern gibt es bestimmt Menschen, die das nötig haben...“

„Auf alle Fälle sind die Bettler – die, die nicht in anderen Orten Unterschlupf gefunden haben – immer noch in der Stadt. Dort haben sie ihr Haus. Aber... Der Marabut, der mir dieses Opfer empfohlen hat, sagte mir, ich solle es an die Trä-

[64] Gemeint ist Mekka. (Ü)

[65] Wolof und Arabisch: Das kommt von Gott. Das ist ein Geschenk Gottes. (Ü)

ger des *bàttu* in den Straßen, in der ganzen Stadt verteilen. Das ist der Grund, weshalb ich zu dir gekommen bin, um von dir zu erfahren, ob ich das Opfer in das Haus der Bettler bringen kann... Weißt du, in diesen Dingen seid ihr die einzigen, die sich auskennen!"

„Schon gut, schon gut. Respektiere die Anweisungen deines Marabuts!"

Mour schien, als könnte er im Tonfall von Serigne Birama eine gewisse Bitterkeit erkennen. Er war sehr unglücklich darüber:

„Ach, Serigne Birama, was sagst du da? Mein Marabut, das bist doch du. Du weißt sehr wohl, daß du der einzige bist, vor dem ich gewissermaßen religiösen Respekt habe. Ich setze mein ganzes Vertrauen in dich. Nur manchmal, weißt du, da kommen einige von ihnen bis zu uns nach Hause..."

„Das ist wahr. Das ist gut. Es ist nichts Schlimmes daran. Tue, was er dir befohlen hat."

Nachdem er diese Worte gesprochen hatte, wandte sich Serigne Birama wieder seinem Gebetskranz zu. Mour wagte nicht mehr, ihn zu unterbrechen. Er verabschiedete sich, und Serigne Birama erwiderte seinen Gruß mit einem Kopfnicken.

Als er sich auf den Weg machte, Serigne Birama zu besuchen, hatte Mour keinerlei Hintergedanken gehabt. Er hatte überhaupt nicht damit gerechnet, daß der heilige Mann es nicht besonders schätzen würde, daß er andere Marabuts konsultierte. Das war in der Tat die Erklärung, die er für das Verhalten Serigne Biramas während

der Rückfahrt fand, bei der ihm tausend widersprüchliche und quälende Gedanken kamen. Und mit einem Mal empfand er so etwas wie ein Schuldgefühl:
„Nein, ich habe ihn nicht verraten! Um nichts in der Welt werde ich mich gegenüber Serigne Birama undankbar verhalten... Und um ehrlich zu sein, kann man ihm denn zum Vorwurf machen, daß er formell wurde?... Ich war ungeschickt, ich hätte ihm nicht sagen sollen, daß ich Kontakt zu anderen Marabuts habe... Es ist so, als hätte ich ihm damit zu verstehen geben wollen, daß seine Gebete mir nicht wirksam genug erscheinen... Aber andererseits ist es doch menschlich, daß ich alle Chancen auf meine Seite bringe... Serigne Birama ist unbestritten ein Gelehrter, aber die Marabuts haben verschiedene Wege, um zu den Gefilden der Mysterien zu gelangen, und man sagt, daß dieser Kifi Bokoul sich niemals täuscht... Eine Woche später... Aber was soll ich tun, um seine Anweisungen treu befolgen zu können...?"
Mour kam mit einer Stunde Verspätung in seine Sitzung, was ihm praktisch noch nie passiert war. Sein vorgesetzter Minister schaute demonstrativ auf seine Uhr, als Mour im großen Versammlungssaal des Kabinetts erschien, und warf ihm einen mit Verachtung gefärbten, bösen Blick zu. Mour entschuldigte sich bei den „messieurs" und „mesdames" und rechtfertigte seine Verspätung mit einem Arztbesuch, der ihn länger aufgehalten habe als erwartet, und er erwiderte das respektvolle Lächeln, das Kéba an ihn richtete. Mit hal-

bem Ohr hörte er dem Minister zu, der über die Notwendigkeit einer Räumung der letzten „ungesunden Gebiete“ in den besseren Wohnvierteln redete. Dann lenkte er mit müder Stimme und den Blick ständig auf die vor ihm liegenden Unterlagen gerichtet die Aufmerksamkeit auf die Schwierigkeiten dieser Unternehmung:

„Der kleinste Fehler kann unser Projekt zum Scheitern bringen. Im Grunde sind diese Leute Eigentümer, und sie werden nicht verstehen, daß man sie, weil sie arm sind und selbst nicht bauen können, enteignen will. Denn da liegt das eigentliche Problem: Wie hoch auch immer die ihnen gewährte Entschädigung sein wird, sie werden sie in jedem Fall für zu niedrig halten und werden sich benachteiligt fühlen... Es muß folglich eine geschickte Strategie entwickelt werden, bevor wir ihnen gegenübertreten... Taktvoll und diplomatisch vorgehen...“

Der Minister unterbrach ihn mit einem ironisch gefärbten Lächeln:

„Monsieur Ndiaye, es ist doch keine Frage der Diplomatie, sondern eine Frage der Intelligenz, meinen Sie nicht auch? Man muß mit Intelligenz vorgehen, um zum Erfolg zu gelangen, denn... es gibt da gewisse Bereiche, in denen mit Diplomatie nicht geholfen ist, und glauben Sie mir: Alle heiklen Probleme, die wir bis zum jetzigen Zeitpunkt in Angriff genommen haben und die wir lösen konnten – da fällt mir zum Beispiel das Problem der Bettelei ein, für das Monsieur Kéba Dabo eine geniale Lösung gefunden hat –, meinen Sie, daß alle diese schwerwiegenden Probleme mit Diplomatie hätten ausgeräumt werden können? – Nein! Mit Sicherheit nicht! Man muß sie wissenschaftlich angehen: Die Methoden der Annäherung an das Problem und die Interventionsmittel müssen abgewogen werden!"

Mour hielt es nicht für nötig, auf die Überheblichkeit des Ministers zu reagieren. Er schaute ihn einfach mit demselben amüsierten Blick an, den ein Koch über ein quirliges Hühnchen streifen läßt, in der Überzeugung, daß es eines nicht allzu fernen Tages auf dem Grill schmoren wird.

Der Minister fuhr fort:

„Demzufolge bitte ich Sie, mir innerhalb von zehn Tagen einen möglichst umfassenden Bericht über die Vorgehensweise und die Mittel zur Räumung der ungesunden Gebiete in der Stadt vorzulegen."

Und sich zu Kéba Dabo wendend, fügte er hinzu:

„Monsieur Dabo, wir vertrauen Ihnen!"

XI

Mour verbrachte drei lange schlaflose Nächte, drei aufregende Nächte voller ungelöster Fragen und voller Verzweiflung, in denen er von dem Schmerz, Serigne Birama Kummer bereitet zu haben, von dem hartnäckigen und immer dringenderen Wunsch, seine Ambitionen zu befriedigen, schließlich von der aus seiner Ohnmacht entspringenden Angst, dieses Opfer nicht darbringen zu können, beständig heimgesucht wurde... In seinen unklaren Gedanken sah er undeutlich die Heiligen Bücher mit dem vergilbten Papier vor sich, die sich auf Matten stapelten und die ganze Breite der viereckigen Hütte Serigne Biramas einnahmen... „Der schöne weiße Schafbock, den ich ihm habe bringen lassen, wird mein Ansehen in seinen Augen vielleicht wiederherstellen... Die Bedeutung, die er für mich hat, wird er nur erfahren können, wenn ich nominiert bin, inschallah... Eine Woche nach dem Opfer..." Dann erschien Kifi Bokouls Bild vor seinem inneren Auge wieder: die überdimensionale Chechia, der blaue Bubu, die beiden tiefen Löcher auf dem, was normalerweise als sein Gesicht hätte bezeichnet werden müssen – „oder das, was wir nach unserer menschlichen Logik für sein Gesicht hätten halten müssen... Denn dieses Wesen ist kein Mensch... Seine Hände, seine Füße, seine Nase, wie mögen die wohl sein?"

In einem halb träumerischen Zustand sah er, wie *bàttu* unter seiner Nase zusammenstießen, die ihm zerlumpte Bettler mit zerrütteten Gesichtern entgegenhielten. Er kehrte zur Wirklichkeit zurück mit dem Vorsatz, damit fertig zu werden, den Zustand nach seinem Willen zu beenden, der Niederlage zu trotzen.

„Dieses Almosen... Ich werde es entsprechend den Anweisungen entrichten... Was immer es mich auch kosten mag... Dieses Amt des Vizepräsidenten werde ich bekommen, ich muß es haben..."

Er war entschlossen, diesen Zustand zu beenden. Er stand früher auf als gewöhnlich, schwenkte das mit *Kaurimuscheln*[66] besetzte magische Horn, das ihm Kifi Bokoul übergeben hatte, in alle vier Himmelsrichtungen und verharrte auf seiner Gebetsmatte in Erwartung der ersten Stunden des anbrechenden Tages. Dann riskierte er einen Rundgang durch die Stadt, in der Hoffnung, zu früher Stunde auf einige unbelehrbare Bettler zu stoßen, die allen Verfolgungen und Knüppelschlägen zum Trotz der Versuchung, leichten Gewinn zu machen, nachgegeben hatten... Niemand! Aber auch gar niemand! Durch die ganze Stadt war er gegangen: Die strategischen Plätze waren leer, zum Verzweifeln leer! Wut, Zorn... Aber gegen wen? Mour wußte nicht einmal das. Er fühlte ein leichtes Stechen im Magen... Hunger? Möglicherweise... Aber der

[66] Die kleinen Gehäuse der Porzellanschnecken dienten früher als Zahlungsmittel oder auch als Schmuck. Wahrsager benutzen sie auch, um die Zukunft vorherzusagen. (Ü)

Hunger, der konnte warten, warten darauf, daß das Verlangen, das von Stunde zu Stunde immer drängender wurde, gestillt wurde.
„Nein." Er kehrte nicht nach Hause zurück, um sein Frühstück einzunehmen. Er ging in sein Büro, ließ seine ganze müde Masse in einen Sessel fallen – nicht den an seinem Schreibtisch –, in einen Sessel der Sitzgruppe, die in einer Ecke seines Büros für Besucher eingerichtet worden war. Seine Aktenmappe entglitt seinen Händen und fiel auf den Boden. Einige Augenblicke später erschien Kéba, einen Notizblock und einen Kugelschreiber in den Händen:
„Guten Morgen, Monsieur le Directeur."
„Guten Morgen, Kéba."
Kéba zögerte. Sollte er sich vor den Schreibtisch setzen oder...
„Nimm hier Platz, Kéba."
Mour wies auf den Sessel, der sich gegenüber dem seinen befand, auf dem er, die Beine breit, die Füße unter dem Aperitivtisch ausgestreckt, die Finger über dem Bauch verschränkt, zusammengesunken saß. Kéba bemerkte die Ringe unter den Augen seines Chefs. Nach einer Erklärung dafür suchte er jedoch nicht.
„Ich habe dich rufen lassen... Es geht noch einmal um die Sache mit den Bettlern..."
Kéba verstand nicht, und er verspürte sogar etwas wie Beklemmung. Ihn noch einmal auf diese Bettler anzusprechen, und dann zu so früher Stunde, ihn, der mittlerweile fast ganz vergessen hatte, daß sie überhaupt existierten, und der sich von der Last, die sie für ihn darstellten, befreit

hatte! Er verstand nicht und überließ es lieber Mour, sich deutlicher dazu zu äußern.
„Wo sind sie jetzt?"
„Monsieur, das kann ich Ihnen nicht sagen. Da die Zielsetzungen erreicht wurden, da niemand mehr Gefahr läuft, irgendeinem Bettler auf seinem Weg zu begegnen, habe ich mir keine Gedanken mehr darum gemacht, wo sie untergeschlüpft sein könnten. Vielleicht sind sie ganz einfach in ihre Dörfer zurückgekehrt..."
Am Gesichtsausdruck von Kéba, seinen Gesten und seinem ganzen Wesen erkannte Mour die überschäumende Leidenschaft der Jugend. Er zögerte, bis zum Ende seiner ursprünglichen Absicht zu gehen. Aber der Gedanke an die totale Einsatzbereitschaft, die Kéba ihm gegenüber immer bewiesen hatte, beruhigte ihn sofort wieder. Und dann fühlte er, daß er mit seiner Kraft am Ende war, wirklich am Ende.
„Nein, sie sind nicht in ihre Dörfer zurückgekehrt. Sie befinden sich am Stadtrand, im Neubauviertel Parcelles Assainies... Genau, sie gehen jedenfalls nicht mehr auf die Straße, sie bleiben ständig zu Hause."
„Die Hauptsache ist, daß wir von ihnen nicht mehr heimgesucht werden."
„Ja... Ja. Ich muß dir aber mitteilen, Kéba, daß ich diese Bettler heute benötige. Ich brauche sie... Ich muß ein Opfer an sie verteilen. Für einen Tag, für einen einzigen Tag müssen sie an ihre strategischen Plätze zurückkehren... Nein, das ist nicht einmal die Sache von einem Tag, bloß von ein paar Stunden!"

Kéba lockerte seine Krawatte ein wenig, weil er schwer schlucken mußte. Er hatte das Gefühl, daß ihn ein Hitzeschauer durchflutete, von dem ihm fast schwindelig geworden wäre. Sein Atem stockte. Mit zaghafter, belegter Stimme fragte er Mour:

„Die Bettler wieder in die Stadt kommen lassen? Habe ich das richtig verstanden?"

„Ja, und zwar aus einem rein persönlichen Grund... Ich möchte, daß du zusammen mit einigen Männern der ehemaligen Interventionsbrigaden zu ihnen gehst, um ihr Vertrauen zu gewinnen und sie zu überreden, sich für einige Stunden wieder in die Straßen zu begeben. Sagt ihnen, daß sie nichts zu befürchten haben, überhaupt nichts!"

Kéba antwortete nicht sofort. Er senkte für zwei oder drei Minuten den Blick in seinen Notizblock. Mour, der die gut sichtbar hervortretende Ader auf der Stirn seines treuen Mitarbeiters betrachtete, nahm an, daß er so lange brauchte, weil er sicherlich nach einer Lösung, nach einem Mittel suchte, mit dem man die Bettler ansprechen könnte. Dann hob Kéba seinen Kopf und heftete einen wilden, durch irgendeine heftige Erregung ausgelösten Blick auf seinen Chef und schrie:

„Nein! Für wen halten Sie mich eigentlich? Es ist verrückt, was Sie mir da sagen! Diese Bettler, die ich gejagt, verfolgt, physisch und psychisch zerstört habe und die uns endlich in Ruhe lassen, Sie wollen nun, daß ich sie zurückhole? Wie stehe ich denn da? Jetzt, da wir endlich wieder tief durch-

atmen können, verlangen Sie von mir, daß durch mich die Atmosphäre erneut vergiftet wird! Sie bitten mich, eine Wunde wieder aufzureißen, die inzwischen zugeheilt ist. Nein! Alles, nur das nicht! Das werde ich niemals tun!"
Er war aufgestanden und schaute Mour direkt ins Gesicht. Der versuchte, einen seiner Arme zu fassen, um ihn zu beruhigen, was ihm jedoch nicht gelang. Da erhob Mour drohend seine Stimme:
„Kéba, es reicht! Es reicht, sage ich! Vergiß nicht, daß ich dein Chef bin und daß ich unter keinem Vorwand gestatte, daß du dir irgendeine Form von Respektlosigkeit mir gegenüber herausnimmst!"
„Machen Sie, was Sie wollen! Lassen Sie mich suspendieren oder entlassen Sie mich, mir ist das egal, völlig egal!"
Er ging zur Tür. Mour schnellte von seinem Sessel hoch, um ihn noch rechtzeitig aufzuhalten. Er bot einen jämmerlichen Anblick, dieser Mour! Ein Mann, dem man eigentlich keine Schwäche zugetraut hätte. Kéba war ebensosehr von Wut und Verachtung wie von Schmerz erfüllt, einen Menschen derart tief fallen zu sehen, zu sehen, daß sich ein Mensch aus Gründen, die er sich noch nicht erklären konnte, so weit erniedrigte.
„Warte, Kéba... Ich habe dich immer als ein Mitglied der Familie betrachtet und nicht als einfachen Mitarbeiter, der meinen Anordnungen untersteht... Gott allein weiß, wieviel Bewunderung ich für dich habe!"
Nur mit großer Mühe gelang es ihm, Kéba zum Sessel zurückzuführen.

„Hör zu, Kéba... Es kann manchmal passieren, daß man Maßnahmen ergreift, die sich im nachhinein gegen einen wenden, ohne daß man im geringsten schon vorher auf die Idee gekommen wäre... Über dieses Problem der Bettler hatten wir nicht genügend nachgedacht. Vielleicht wäre es besser gewesen, es auf andere Art und Weise zu lösen, in einer Weise nämlich, durch die die Verbindung zwischen ihnen und uns nicht ganz unterbrochen worden wäre... Sei ganz beruhigt, ich beschuldige dich nicht, schlechte Arbeit geleistet zu haben. Im Gegenteil, ich hatte dir meine hundertprozentige Unterstützung dafür zugesagt, und meine Meinung so spektakulär zu revidieren, ist eigentlich nicht meine Art... Da ist aber noch etwas anderes, weißt du. Wir haben unseren Glauben, den wir nicht von heute auf morgen einfach über Bord werfen können. Dafür müssen umfangreiche Vorbereitungen getroffen werden..."

Während er sprach, versuchte Mour seine Beherrschung zurückzugewinnen. Kéba hingegen weigerte sich strikt, ihm direkt ins Gesicht zu sehen. Er ließ seinen Blick durch das Büro wandern, über die Sessel, den Tisch, zur Decke, an der Photographie des Präsidenten vorbei, über den Teppichboden und die Gemälde der Meister.

„Daß ich so weit gegangen bin, dich um das zu bitten, worum ich gerade gebeten habe", fuhr Mour fort, „glaubst du etwa, daß ich das aus Leichtfertigkeit getan habe? Wir sind Menschen, Kéba. Ein Mensch, der sich heute in einer kritischen Lage, vor einem unlösbaren dramatischen

Problem befindet, dem man als einzige Möglichkeit, um zu seinem Heil zu kommen, vorgeschrieben hat, ein Opfer darzubringen, was meinst du wohl, was dieser Mensch, wenn er daran glaubt, wohl tun wird? Stell dir einmal die Furcht dieses Menschen vor, dem man von jüngster Kindheit an beigebracht hat, daß er seine Ängste, seine Befürchtungen, seine Alpträume, seine Vorahnungen mit drei Stück Zucker, einer Kerze, einem Stück Stoff, mit allen möglichen Dingen schließlich, die er den Bettlern schenkt, von sich abladen kann! Kann man seinen Glauben von heute auf morgen einfach so über Bord werfen?"

Kéba hatte kein einziges Mal den Mund geöffnet. Was hätte er auch sagen sollen? Als er jung war, gehörte er selbst zu denjenigen, denen gegeben wurde. Nie hatte er die Gelegenheit gehabt, sich von irgendeiner Angst zu entledigen, indem er das Almosen entrichtete. Seine Gefühle der Angst, seinen Kummer, sein Unglück durchlebte er; seine Mutter durchlebte sie; seine Brüder durchlebten sie. Sie ertrugen sie, bis sie sie darüber vergaßen. Folglich konnte er nicht so denken wie die, denen das Almosengeben eine Erleichterung verschaffte. Er hatte nie einen anderen Trost gekannt als die Zeit.

Er zog sich nervös in sein Büro zurück und durchquerte dabei das Sekretariat. Sagar Diouf, die die hervortretende Ader auf seiner Stirn, seine blutunterlaufenen Augen und die pochenden Schläfen sah, ahnte, daß etwas vorgefallen sein mußte. Tausend Fragen gingen ihr durch den Kopf, bevor sie sich dazu entschließen konnte, zu ihm zu gehen und ihn zu fragen, was denn nicht in Ordnung sei.

„Ich kann aber gewisse Dinge nicht einfach hinnehmen! Nein, ich werde niemals akzeptieren, daß man mich wie einen Diener oder einen Laufburschen behandelt! Ich bin ein Bediensteter des Staates, im Dienste des Staates und nicht eines Mannes tätig!"

„Auch du weißt, Kéba, und alle wissen, daß du niemandes Diener bist!"

„Nein, das ist es ja gerade, Monsieur Ndiaye weiß es nicht. Was er mir eben gesagt hat, beweist, daß er es nicht weiß: Er bittet mich, aus persönlichen Gründen – ja, du hast richtig gehört, aus persönlichen Gründen! –, daß ich die Bettler von ich weiß nicht woher wieder ausgraben soll, damit er ihnen ich weiß nicht was aushändigen kann! Die Entscheidung des Staates in Sachen Säuberungskampagne zählt nicht mehr. Was nun Vorrang hat, das sind die Wünsche von Monsieur Ndiaye. Nein, nein und nochmals nein!"

„Ich an deiner Stelle würde eine andere Haltung einnehmen, statt ihm mit dieser kategorischen Ablehnung entgegenzutreten."

„Und die wäre?"

„Weißt du, Kéba, du bist nicht immer einfach... Und doch mußt du lernen, deine Augen zu öffnen... Soll ich dir sagen, was ich darüber denke?"

„Nur zu!"

„Folgendermaßen. Kéba, du kannst weder außerhalb deiner Zeit noch außerhalb deiner Gesellschaft leben. Du bist gezwungen, dich dem

Rhythmus anzupassen, und es kommt nicht von ungefähr, wenn man sagt, daß man in einer Gesellschaft, in der die Leute auf einem Bein tanzen, auch selbst auf einem Bein tanzen muß... Ist das nicht richtig, Kéba?"
„Nun... Es kommt darauf an... Alles hängt davon ab, wohin einen der Tanz führt. Wenn uns das Tanzen auf einem Bein in den Abgrund führt, dann ist es mir lieber, auf beiden Beinen zu stehen. Das ist sicherer und auf jeden Fall bequemer!"
Sagar Diouf lachte, und es gelang ihr, Kéba ein kleines Lächeln zu entlocken, was sie ermunterte weiterzureden:
„Ich bin mir ganz sicher, daß das, worum dich Monsieur Ndiaye bittet, mit der bevorstehenden Ernennung des Vizepräsidenten zusammenhängt. Alle Welt sagt das, und ich glaube auch, daß er Vizepräsident wird. Dann ist es doch besser, mit ihm zu ‚verhandeln'; dies um so mehr, als er dich bestimmt nicht vergessen wird, wenn er nominiert ist. In dem Stadium, in dem er sich gerade befindet, muß er eine Menge Opfergaben bringen. Da siehst du doch, daß das, was ich dir im Hinblick auf die Bettler gesagt habe, wahr ist! – Da er also die Bettler sehen will und du der einzige bist, der ihm in diesem Sinne helfen kann, warum solltest du nicht davon profitieren?"
„Von was profitieren?"
„Nun, ich an deiner Stelle würde aus diesem Einsatz Kapital schlagen. Das, was auf dem Spiel steht, ist ihm sehr wichtig. Er würde nicht zögern, deine Forderungen zu erfüllen. So ist das

Leben. Man muß von Situationen profitieren können, und dabei fügst du niemandem Schaden zu. Schau doch, wie er sich hat bereichern können, während du derjenige warst, der die ganze Arbeit getan hat... Du kannst ihm, auch ohne in ihm das Gefühl zu wecken, für den Gefallen, um den er dich bittet, eine Entlohnung bekommen zu wollen, zu verstehen geben, daß du gerne ein größeres Haus erstehen möchtest und daß du dafür um seine Unterstützung bittest..."
In dem Blick, den Kéba auf Sagar Diouf richtete, zeichnete sich bittere Enttäuschung und tiefes Entsetzen ab. Kéba, der sich nicht dazu hinreißen ließ, in dem stürmischen Ton zu reagieren, den man in ähnlichen Umständen von ihm erwartet hätte, sagte mit fast tonloser Stimme zu Sagar:
„Ich werde mich niemals für diese Art schmutzigen, verabscheuungswürdigen und der menschlichen Würde zuwiderlaufenden Kuhhandel hergeben. Du kannst wieder an deinen Schreibtisch gehen."

XII

Eine einzige Sorge beschäftigte die Gemüter, ein einziges Thema beherrschte die Gespräche in der Stadt: „Die Kabinettsumbildung und die Ernennung des Vizepräsidenten stehen kurz bevor, und es wird ein hartes Rennen werden!“

Seit einiger Zeit untersuchte Raabi auch die kleinsten Gesten, die kleinsten Reaktionen ihres Vaters. Ihr war mitunter aufgefallen, daß er sich viel häufiger als gewöhnlich zu Hause aufhielt. Er schloß sich ganze Nächte lang – selbst die, die er normalerweise bei der zweiten Ehefrau hätte verbringen müssen – in dem als Gebetsraum eingerichteten Zimmer ein, dessen einziges Möbelstück ein Orientteppich war und aus dem unablässig der betäubende Geruch von Weihrauch strömte. Seit Mour Sine geheiratet hatte, konnte sich Raabi nicht dazu durchringen, soviel Klarheit oder auch nur Geschick aufzubringen, ihren Groll auf ihn zu verbergen. Sie mißbilligte die Täuschungsmanöver und die Heuchelei. Deshalb konnten sie weder die zahlreichen Freundlichkeitsbeweise noch die wiederholten rührenden Appelle eines Vaters erweichen, dessen Zärtlichkeit keinerlei Reaktion auslöste. Sie hatte es immer unterlassen, auf die mehrmaligen Versuche Lollis, sie zur Vernunft zu bringen, zu antworten: „Raabi, alles geht vorbei... Man muß lernen zu vergessen. Und trotz allem darfst du

nicht aus den Augen verlieren, daß dein Vater immerhin dein Vater ist und daß du kein Recht hast, über ihn zu urteilen. Das wird dir möglicherweise Unglück bringen."
Eine Erklärung lieferte Raabi ihrer Mutter nie. Sie hörte ihr jedesmal lächelnd zu, um ihr den Eindruck zu geben, daß sie der Situation, die sie als schwerwiegend empfand, keinerlei Bedeutung beimaß.
Eines Tages jedoch, als sie die große Niedergeschlagenheit ihres Vaters bemerkte, fragte sie Lolli:
„Warum ist mein Vater so unruhig? Ist es, weil ihn die öffentliche Gerüchteküche schon zum Vizepräsidenten der Republik gemacht hat?"
„*Saa baay dé natoo ko dal*[67], er ist das Opfer eines Schicksalsschlags. Aber das ist gut so. Diese Schicksalsschläge sind Prüfungen, die der Schöpfer seinen Sklaven auferlegt, um das Maß ihrer Treue und ihres Glaubens auf die Probe zu stellen... Danach kommt das Glück."
„Was ist ihm passiert?"
Lolli erzählte ihrer Tochter die ganze Geschichte der Bettler, die sie aufgrund der Informationen, die sie aus Zeitung, Radio und Fernsehen bezog, schon kannte. Sie berichtete ihr auch von dem vorgeschriebenen Opfer und von dem „Verrat" Kébas, für den Mour alles getan hatte, und der ohne den „Riecher" Mours niemals in so guten Verhältnissen – gutes Gehalt, Auto, Sekretärin – leben würde wie jetzt. Aus allem, was sie ihrer

[67] Wolof: Dein Vater wurde von einem Unglück heimgesucht. (Ü)

Tochter erzählte, schloß Lolli, daß die Menschen neidisch sind und daß es mehr als nötig ist, sich vor den Menschen, ja sogar vor „dem eigenen Schatten“ in acht zu nehmen.

„Aber dein Vater ist zu gutmütig. Er hegt niemals schlechte Gedanken gegenüber den anderen. Sein Herz ist aus Gold, und das wird ihn vielleicht retten!“

Lolli hatte kaum ihren Satz zu Ende gesprochen, als Mour in das Zimmer stürzte. Raabi stand unverzüglich vom Bett auf, auf dem sie neben ihrer Mutter gesessen hatte, lief zur Tür, wobei sie ihren Vater um ein Haar umgerannt hätte, der sie aber nicht einmal beachtete und nicht hörte, wie sie ihn mit einem „Guten Tag, Vater“ begrüßte. Sie war kaum einige Schritte zum Wohnzimmer gegangen, als sie Lollis Stimme rufen hörte:

„Sally, Sally!“

XIII

*I*st es noch weit?“ fragte Mour brennend vor Ungeduld.

„Nach dem Asphalt“, antwortete der Chauffeur, „haben wir noch einen langen sandigen Weg vor uns. Wir müssen etwa sieben bis acht Kilometer zurücklegen, um das Neubauviertel Parcelles Assainies zu erreichen.“

Als sie die asphaltierte Straße aus den Augen verloren, überkam Mour das Gefühl, daß sich das Auto in einer Wüste verirrte, die sich bis ins Unendliche auszudehnen schien: Eine traurige, nackte, leblose Landschaft wurde von einem ungewöhnlich stürmischen Wind gepeitscht, dessen Heulen sich mit dem schrillen Seufzen der Sandwolken, die sich von den Dünen losgerissen hatten, und dem wilden Brüllen des vor Zorn schäumenden Meeres vermischte.

Mour hatte dieses Gebiet noch nie betreten, er wußte lediglich aus Landkarten von seiner Existenz, auf denen es in Rot gekennzeichnet war; das bedeutete, daß es sich um freie Zonen handelte, die einen Großteil der Bevölkerung aufnehmen konnten. Er war dabei, andere Realitäten zu entdecken, ohne daß es ihm aber bewußt geworden wäre. Weder die geschickten Manöver des Chauffeurs, weder die Eiertänze, denen das Auto ausgeliefert war, noch die undurchsichtige Atmosphäre, die er durch die getönten Scheiben hin-

durch zu durchdringen versuchte, konnten seine Aufmerksamkeit auf sich ziehen. Was ihn vielmehr stutzig machte, war, daß er noch keine einzige Behausung entdeckt hatte.
„Sally, bist du sicher, daß es hier ist? Hast du dich auch nicht geirrt?"
Sally hatte sich leicht nach hinten umgewandt: „Bald werden wir dort sein, Monsieur."
Der Chauffeur bestätigte dies:
„Das ist schon der richtige Weg hier. Die Busse, denen wir begegnen, kommen von dort..."
Mour war beruhigt und konnte sich dem Fluß seiner Gedanken erneut zuwenden. Schräg auf der rechten Seite der hinteren Bank sitzend, mit einem einfachen Bubu bekleidet und Babuschen an den Füßen, um die Bettler nicht in Verlegenheit zu bringen, erwog er, daß seine Vorgehensweise auf keinen Fall fehlschlagen konnte: „Ich werde keine Kosten scheuen..."
„Einc Woche später... Ist es denn erlaubt, daß die Rolle, die ich für das Schicksal der Nation zu spielen berufen bin, an der banalen Tatsache, daß es keine Bettler gibt, scheitern sollte? Ein Stier, einundzwanzig Meter Stoff, siebenhundert Kolanüsse, das reicht, um ein unvergeßliches Festmahl zu bereiten... Seit sie in diese Wüste geflohen sind, die Ärmsten, haben sie bestimmt Hunger... Nein, so viel Großmütigkeit an einem einzigen Tag werden sie noch nie zuvor gesehen haben..."
Während der Chauffeur das Auto vor einem Haus mit einer grün getünchten Umzäunung parkte, wandte er sich zu seinem Herrn um mit den Worten:

„Monsieur, wir sind da. Das hier ist das Haus der Bettler."

„Ach, du kanntest es also schon…"

„Sicher doch, Monsieur, sicher! Jeder kennt das hier, Monsieur!"

„*Assalamu alleykum!*[68]"

„*Malikum salam!*[69]"

Niemand hatte sich gerührt, niemand scherte sich darum zu wissen, wer denn der Gast sei, der soeben ein großes, schweres Auto vor dem Haus geparkt hatte. Man hatte sich mittlerweile an diese Art von Besuchern gewöhnt. Nguirane Sarr, mit Anzug und Krawatte, ließ weiterhin melancholische Melodien auf seiner Gitarre erklingen. Er sang die Hymne der Freundschaft, die einst ein kleines Mädchen zum ewigen Gedenken an einen guten Freund, ein Nilpferd, komponiert hatte, das durch die Kugeln eines grausamen Jägers zu Tode kam.

Salla Niang, das Kopftuch schräg um ihren Scheitel gebunden, saß mit ausgestreckten und überkreuzten Beinen, einen langen Zahnstocher im Mundwinkel, auf ihrer Matte und spielte das *Kaurimuschelspiel*[70]. Und dann war da diese ganze Menge von Bettlern, die sich hin- und herbewegte, palaverte, schlief oder sich kratzte, eingetaucht in das unaufhörliche Gekreisch der Kleinkinder, die im Sand des Innenhofes herumtollten.

[68] Arabisch: Begrüßungsformel, die soviel bedeutet wie „Guten Tag" bzw. „Der Friede sei mit euch!" (Ü)

[69] Antwort auf die traditionelle arabische Begrüßungsformel. (Ü)

[70] Art Würfelspiel, bei dem in der Anordnung der Muscheln die Zukunft zu deuten versucht wird. (Ü)

Das Bild, das sich den Augen Mours bot, verblüffte ihn. Mehr noch als Mitleid erfaßte ihn Verwunderung. Niemals zuvor hatte er in einer einzigen Projektion ein derart düsteres Bild zu Gesicht gekommen, das von so vielen Gebrechen und von so viel Zerrüttung und menschlicher Zersetzung zeugte wie dieses, von dem sich zugegebenermaßen einige helle Flecken abhoben, wie diese Salla Niang beispielsweise, deren Gesicht wie das einer zinnernen, von Bildhauerhand geformten Büste leuchtete. Durch eine gedankliche Assoziation, die sich seinem Bewußtsein aufdrängte, kamen ihm gewisse verrufene Viertel der Stadt in den Sinn, gewisse Elendsviertel, inmitten derer einige Bauten von schreiendem Luxus wie einsame Schlösser herausragten.
„*Mba jamm ngéén am?* Seid ihr in Frieden?"
„*Tabarak Allah!* Wir danken Gott dafür!"
„Wer ist hier der Hausherr?"
Da erst richtete Salla Niang ihren Blick auf den Besucher:
„Was wollten Sie?"
„Ich möchte mit dem Hausherren sprechen."
„Das bin ich!"
Eine Stimme wie ein Trompetenstoß, klar und rein wie eine schmelzende Silberader. Mour bemerkte, daß es einen Augenblick lang ruhig wurde, und er fragte sich, welche Art von Verbindung wohl zwischen dieser Dame und diesen Bettlern bestehen mochte.
„Was mich herführt, betrifft die Bettler..."
„Ach..."
Mour hätte sich wohler gefühlt, wäre er aufgefordert worden, sich zu setzen, aber Salla Niang tat

nichts dergleichen. Sie bat Nguirane näherzutreten und die anderen, „dem Gast, der zu uns sprechen möchte", zuzuhören.
Seit seiner Ankunft hatte Mour das häufige Kommen und Gehen bemerken können. Er sah, wie einige Leute dem erstbesten Bettler das Almosen entrichteten; er sah, wie andere die Runde der *boroom bàttu* machten, sich einen nach dem anderen genau anschauten, ohne dabei im geringsten schockiert zu sein, um schließlich dem Auserkorenen sein Geschenk zu geben. Er dachte sich, daß diese Leute vielleicht gar nicht so verelendet waren wie man annehmen konnte. „Welchen Gebrauch machen sie dann aber von all dem, was sie bekommen? Warum trachten einige unter ihnen nicht nach mehr Anstand und Sauberkeit? Könnte es sein, daß sie mit der Maske, die sie bisher aufsetzen mußten, um an das Mitleid der Leute zu appellieren, so sehr verwachsen sind, daß sie auch jetzt, da sich ihre Lage sichtlich verbessert hat, mit dem Spiel von Hunger und Elend fortfahren?"
„Der Grund für meinen Besuch an diesem Ort ist folgender: Ich habe ein sehr, sehr wichtiges Opfer darzubringen. Ihr seid es, die es bekommen werden, aber ich kann es euch nicht herbringen. Morgen früh, nur morgen früh – nur für ein paar Stunden – müßt ihr euch an euren strategischen Plätzen aufstellen. Begebt euch an alle Ecken und Enden der Stadt! So wie ihr es früher getan habt, vor die Marktplätze, die Krankenhäuser, die Ampeln, die Bürogebäude, die Krankenstationen, die Banken, die Läden, überall in der

Stadt, in alle vier Himmelsrichtungen. Ihr werdet Opfergaben von mir bekommen, Opfergaben, wegen derer ihr es nicht bereuen werdet, euch auf den Weg gemacht zu haben. Und außerdem ist es schon so lange her, daß ihr euch hierher vergraben habt, als wäret ihr keine Menschen mehr. Begebt euch nur einmal wieder auf die Straßen, sei es auch nur, um euch die Beine ein wenig zu vertreten!"

Wenn ihm nicht von überallher Gelächter entgegengeschallt wäre, hätte Mour mit seiner Rede fortfahren können. Der Dämon der Eloquenz, der bewirkte, daß er die Menschenmassen in den politischen Arenen in Wallung brachte und elektrisierte, hatte sich seiner bemächtigt, ohne daß er es gemerkt hatte.

„Auf die Straßen gehen, ist das möglich?"

„Jetzt, wo wir in Frieden leben, sollen wir uns abermals den Verfolgungen aussetzen?"

„Das aber würde bedeuten, daß wir uns freiwillig wieder in eine Hölle begeben, aus der uns Gott herausgeführt hat!"

„Gott möge uns davor schützen! Er möge uns davor schützen! *Yalla Téré!*[71]"

„Ihr riskiert nichts, absolut nichts! Ich verbürge mich dafür, daß euch nichts widerfährt. Es geht nur darum, das entgegenzunehmen, was ich euch überreichen lasse, und ihr werdet es nicht bereuen!"

Mour appellierte ganz bewußt an die Habgier von einigen unter ihnen, aber dieses Vorhaben schien ihm noch nicht ganz gelungen.

[71] Wolof: Damit wird das zuvor Gesagte noch betont, im Sinne von „Gott möge dies verhindern!" (Ü)

„Im übrigen", sagte Nguirane Sarr, „du, der zu uns spricht und sich für unsere Sicherheit verbürgt, wer bist du?"
„Ich bin der Generaldirektor der staatlichen Gesundheitsbehörde. Ich bin derjenige, der die Befehlsgewalt über all diejenigen innehat, die euch Schwierigkeiten bereiten könnten."
„Ach du bist Mour Ndiaye, von dem jeden Tag im Radio die Rede ist?"
Mit vor Stolz geschwellter Brust antwortete Mour auf Nguiranes Frage:
„Ja, das bin ich. Ihr braucht nichts zu befürchten."
Die Nachricht verbreitete sich in Windeseile durch die ganze Versammlung: „Das ist Mour Ndiaye! – Das ist Mour Ndiaye, der zu uns gekommen ist und der zu uns spricht! – *Ngóór si ñëw, Mour Ndiaye la.*[72]"
Salla hatte den Mund noch nicht aufgemacht. Sie begnügte sich damit, die Szene zu beobachten. Nguirane Sarr war aufgestanden, legte seine Gitarre auf den Stuhl, auf dem er gesessen hatte, rückte seine Weste und seine Krawatte zurecht und sagte in ironischem, in den Augen von Mour sogar respektlosem Ton:
„Ach Boß, Sie, die uns verjagt haben, kommen heute zu uns, um uns zurückzuholen! Was mag wohl der Grund dafür sein, *Waay?*[73]"

[72] Wolof: Der Mann, der zu uns gekommen ist, das ist Mour Ndiaye persönlich! (Ü)

[73] Wolof: Ausruf, der Verwunderung, Entsetzen, aber auch Bewunderung ausdrückt. Hier hat er zusätzlich eine ironische Nuance. (Ü)

Verschwörerisches Lächeln von Salla Niang.
Mour war von so viel Kühnheit dieses Bettlers überrascht. Er hatte niemals angenommen, daß ein solches Maß an Dreistigkeit im Tonfall und in der Kleidung eines einfachen Blinden, der zum Leben ganz auf die anderen angewiesen war, stecken konnte: „Jetzt fangen sie sogar an, uns zu verhöhnen." Mour ließ sich beinahe dazu hinreißen, ihn zurechtzuweisen, aber er erinnerte sich rechtzeitig daran, daß er gezwungen war, seine Verärgerung im Zaum zu halten und zu versuchen, einen friedlichen Dialog zwischen sich und seinen Gesprächspartnern herzustellen. Die grauenvolle Vorstellung der Niederlage und die Zwangsvorstellung des Opfers – „eine Woche später, das Amt des Vizepräsidenten" – bedrängten ihn derart, daß er sich absichtlich für ein Spiel mit gefälschten Karten entschied:
„Wir können uns doch einigen, ihr Leute. Habt ihr mich denn jemals direkt eingreifen sehen, mich persönlich, in diesem Krieg, der gegen euch ausgetragen wurde?"
Allgemeines Schweigen.
„Wir die Chefs, wir sind angreifbar. Man schiebt uns alles in die Schuhe, und Gott allein weiß, daß wir von der Hälfte der Taten, die unsere Beamten begehen, gar nichts wissen. Sie machen, was ihnen gefällt, und dann sagt man immer, es war der Chef. . ."
Mour merkte, daß seine Rechtfertigungsversuche niemandes Interesse geweckt hatten, und so fuhr er fort:
„Ihr besitzt Radioempfänger, nicht wahr? Ihr hört jeden Tag Radio, ihr habt also die ganze

letzte Woche die Sendungen gehört, die sich mit der Kampagne zur Information der Bürger und insbesondere derjenigen befassen, die einen Rentenanspruch haben... Ihr habt erfahren, was passiert ist, nicht wahr?“
Niemand antwortete auf die Fragen von Mour. Er versuchte auch nur eine kleinste Reaktion in der schweigenden Menge auszumachen. Dann drehte er sich zu Salla Niang und zu Nguirane Sarr um. Sie wirkten aber alle so, als hätten sie nicht einmal gehört, was er soeben gesagt hatte. Also fuhr er fort:
„Ihr wißt, daß die Witwen von schandhaften Personen um ihren Besitz gebracht wurden, was sowohl ein Vergehen gegen die Religion als auch gegen die Moral ist. Damit diese armen Frauen sicher gehen konnten, daß man sich um ihre Papiere kümmerte, zahlten sie den Beamten des Staates, die vom Staat für diese Arbeit entlohnt werden, im voraus erhebliche Geldsummen. Glaubt ihr, daß ihre Chefs davon wußten? – Nein, mit Sicherheit nicht, denn die Beamten bekamen hohe Strafen, als die Verwaltung von ihren unmenschlichen Transaktionen erfuhr. Stellt euch vor, daß die Witwen, die nicht das Geld hatten, im voraus zu bezahlen, unverzüglich mit sogenannten Geldverleihern in Kontakt gebracht wurden. Die streckten ihnen die erforderlichen Summen vor, und das zu hohen Zinsen plus Schuldanerkenntnis, das heißt, daß man sie ein Papier unterschreiben ließ, das beweist, daß sie Geld schulden! Und nach tausend Amtsgängen, nach tausend vergeblichen Hin- und Rück-

wegen, nach tausend Zusagen durften sich diese Witwen endlich zum Schalter begeben, aber nur, um sich wenig später Nase an Nase mit den Gläubigern wiederzufinden, die ihnen manchmal die ganze Rente wegnahmen. Schuld an allem waren skrupellose Beamte, die entgegen den Richtlinien ihrer Chefs handelten... Ihr seht, daß diese Geschichte noch schlimmer ist als eure... Ja, schlimmer in dem Sinne, daß ihr, ja ihr euch jetzt wenigstens hier befindet und es trotz allem schafft, euch zu ernähren. Aber eine Witwe, eine Frau ganz allein, die oft nicht arbeitet, keine Unterstützung bekommt, mit ihrer ganzen Familie! Ihr bitteres Los fand erst dann ein Ende, nachdem die Chefs davon erfahren hatten..."

Die drückende Stille, die auf diese Wortkaskade Mours folgte, enttäuschte ihn zutiefst. Seine Geschichte hatte die Bettler nicht überzeugen können und genausowenig berührt. So beschloß Mour, lieber mit offenen Karten zu spielen:

„Kann ich morgen früh mit euch rechnen? Ich bin bereit, alle eure Forderungen zu erfüllen!"

Da hörte er hier und da ein Murmeln, das ihn etwas zuversichtlicher stimmte. Er blickte erneut zu Nguirane Sarr hinüber, der sich wieder hingesetzt hatte, die Gitarre auf den Knien. Mour beschloß, ihn in vertraulichem Ton anzusprechen:

„*Boroom* der Gitarre, was sagst du dazu?"

„Von dort, wohin Sie uns bitten zurückzukehren, haben Sie uns verjagt!"

Mour saß in der Klemme. Er saß wirklich in der Klemme. Er war am Rande der Verzweiflung. Aber er mußte durchhalten, er mußte den Kampf gewinnen. Keine Niederlage... „Eine Woche später... Und sie sind hier vor mir, von ihnen hängt heute mein Schicksal ab... Aber dieser Blinde, wie starrsinnig der ist!... Gott macht die Dinge schon richtig, Er allein weiß, warum Er die Welt so und nicht anders geordnet hat... Denn dieser Blinde, hätte er offene Augen gehabt, wäre er ein Phänomen gewesen!"

„*Boroom* der Gitarre, du hast nicht alles verstanden von dem, was ich euch soeben gesagt habe! Es waren meine Beamten, die übertrieben haben!"

„Sie haben sich nicht damit zufriedengegeben, uns nur zu verjagen, sie haben uns wie Hunde verfolgt, gepeitscht und geschlagen."

„Sie haben unüberlegt und unmenschlich gehandelt! Ich bin nie darüber informiert worden, wie grausam sie vorgegangen sind! Geht morgen auf die Straße und ihr werdet sehen, ob sie euch ein Haar krümmen!"

„Sie haben uns von dort weggejagt!"

Mittlerweile fand Salla Niang die Szene amüsant. Das betretene Gesicht von Mour, der ernste Ausdruck von Nguirane. Die Gleichgültigkeit der Versammlung. Sie brach mehrfach in schallendes Gelächter aus: „Was für ein Lügner, was für ein verdammter Lügner!... Mein ehemaliger Boß, der eine heftige Kampagne gegen die Marabuts führte, wenn ihn seine unzähligen Marabuts in die Enge getrieben hätten, hätte er geleugnet, der Hauptanführer dieser Anti-Marabut-Kampagne zu sein... Warum müssen sie immer den Wende-Bubu überziehen? Warum bleiben sie nicht, wie sie sind, und zeigen sich auch so? *Nii ñoo sew,* sie sind so klein und lächerlich; sie gehen dorthin, wohin ihre Interessen und Ziele sie führen, und sei es zum Teufel."

Sie beschloß, sich Mours zu entledigen. Der war sichtlich am Ende seiner Kräfte. Sie hatte kein Mitleid mit ihm. Die Komik der Situation schlug in Lächerlichkeit um, und das ging ihr auf die Nerven:

„Monsieur Ndiaye, du kannst gehen. Morgen, so Gott will, werden sich alle Bettler auf ihren alten Plätzen aufstellen."

Mour spürte, wie ein riesiges Gewicht von ihm abfiel. Endlich konnte er aufatmen!

„Werden sie sich einfinden?"

„Ganz gewiß", antwortete Salla, „sie werden gehen."

„Danke, Schwester. Siehst du, wir sind alle gleich, wir haben alle dasselbe Los, denn wir sind Menschen. Folglich müssen wir bei jeder Gelegenheit auch einen Weg der Verständigung finden. Danke, Schwester."

Nachdem er wieder über die Schwelle des Hauses gegangen war, beeilte sich Salla, ihren Leidensgenossen zu sagen:

„Rührt euch nicht von der Stelle; daß sich niemand irgendwann von der Stelle rührt! Morgen wird er wegen uns eine Niederlage einstecken müssen!"

Nguirane Sarr brach in ein nicht enden wollendes, tosendes Lachen aus, das alle seine Leidensgenossen ansteckte und zu allgemeiner Heiterkeit führte. Nachdem sich der Freudenausbruch aller

über das, was sie die „Verrücktheit“ Mours nannten – „er muß verrückt sein, daß er es wagte, zu uns zu kommen“ –, gelegt hatte, sagte Nguirane Sarr, indem er diesmal auf die drolligste Art Schläge nachahmte, die unter Aufbietung größter Kraft verabreicht wurden:
„*Bilaay, Salla, yaa mana xeex.*[74] Du besitzt die Gabe, einem Peitschenhiebe zu verpassen, ohne auch nur den kleinsten Finger dafür zu krümmen: z-i-u-h! z-i-u-h! z-i-u-h! Er wird mit Kreuzschmerzen davonkommen, der Arme. Nichts Schlimmes.“

[74] Wolof: Ich schwöre es, Salla, du weißt wirklich, wie man sich durchschlagen muß! (Ü)

XIV

Für teures Geld erstand Mour den besten Stier, den er auf dem Viehmarkt finden konnte. Als er seine Wünsche hinsichtlich der Farbe des Fells äußerte, errieten die Händler als informierte und erfahrene Leute auf Anhieb den Zweck dieses Stiers und trieben den Preis in die Höhe. Doch Mour war es egal, ob man ihn ausnahm oder nicht, denn für seinen Stier mit dem fahlgelben Fell hätte er jeden Preis gezahlt.
Am darauffolgenden Tag kamen die beiden von ihm bestellten fachkundigen Metzger noch vor der Stunde des ersten Gebets im Morgengrauen, schlachteten das Tier, zerlegten es im Handumdrehen und füllten das schöne fette Fleisch in zwei große Wannen. Von ihrem Fenster aus beobachtete Raabi trotz der frühen Morgenstunde das ganze Spektakel, weniger durch das Schlachten des Stiers selbst angelockt – das war ein Vorgang, dem man seit einigen Jahren im Hause regelmäßig beiwohnen konnte –, als durch den überschäumenden Eifer ihres Vaters, den sie sich zum ersten Mal unmittelbar an der Prozedur beteiligen sah. Mour mühte sich ab, völlig außer Atem, hob große Fleischviertel hoch, die er in kleinere Stücke zerschnitt. Danach griff er nach einer großen Plane aus Wachstuch, legte sie auf dem Boden aus und teilte das Fleisch in elf Reihen mit jeweils sieben Haufen auf. Bei dieser Aufteilungsarbeit wollte er niemanden mit einbe-

ziehen: „Nein, laßt es bleiben, sonst verrechne ich mich noch." Raabi sah, wie er die Anzahl der Haufen mit einem Ausdruck der Hingabe zählte und abermals nachzählte. Als sie so ihren Vater beobachtete und seine weiße, blutbefleckte Kleidung bemerkte, als sie sah, wie er nach vorne gebeugt schwerfällig hin- und herlief und ganz allein die siebenundsiebzig Fleischhaufen in siebenundsiebzig Cellophansäcke packte, die er dann sorgfältig in *bóóli*[75] stapelte, versuchte sie eine Erklärung für so viel Eifer zu finden. Vergeblich, denn sie hatte nichts von der Frist erfahren, die Kifi Bokoul Mour auferlegt hatte. Mochte Mour auch Lolli von seiner Unterredung mit Kifi Bokoul berichtet haben, so hatte er es bewußt unterlassen, ihr die Frist mitzuteilen: Es war so schön, so greifbar nah, daß er aus Aberglauben Angst hatte, ein Wort darüber zu verlieren.
Mour lud die siebenundsiebzig Fleischhaufen, die siebenhundert Kolanüsse und die drei mal sieben Meter weißen, nicht seidigen Stoff in einen Lieferwagen. Frohen Herzens setzte er sich neben den Chauffeur, da er sich die Aufgabe vorbehalten hatte, selbst die Pakete an die Bettler zu verteilen, denen er nach und nach begegnen würde: „Ich brauche dann nur noch in die *bóóli* zu greifen, so daß Koulé nicht einmal lange anhalten muß... Gerade die Zeit, die er braucht, kurz abzubremsen..."
Im Viertel, niemand. Niemand vor dem Bäcker, niemand vor der Apotheke, kein Bettler vor dem

[75] Wolof: Großer, tiefer Aluminiumteller. (A)

Gemischtwarenladen. Mour war etwas verärgert darüber. Er hätte es natürlich gerne gesehen, wenn die Bettler an diesem Morgen daran gedacht hätten, bis hierher zu kommen, aber er wußte, daß sie nie wirklich in diese Gegend gekommen waren.
„Koulé, fahr in Richtung des Großen Marktplatzes!"
Früher, in der Zeit, als sie von ihren strategischen Plätzen im Zentrum der Stadt verjagt wurden, da war der Große Marktplatz zum Hauptquartier der Bettler geworden.
Auf dem Großen Marktplatz, niemand. Keine *talibés,* keine Bettler, keine *bàttu.* Mours Herz schlug allmählich schneller. Er wollte sich nicht der Verzweiflung hingeben und dachte daran, wie nachdrücklich „die Dame, die bei den Bettlern ist" ihm zugesichert hatte, daß sich die Bettler in den Straßen einfinden würden. „Nein, sie kann mich nicht angelogen haben, nein!"
„Koulé, laß uns eher die Richtung der Hauptverkehrsstraßen einschlagen, dorthin, wo die vielen Ampeln sind. Danach fährst du zu den Moscheen. Da heute nämlich Freitag ist, haben sich einige von ihnen vielleicht vor die Moscheen begeben."
An den Ampeln, vor den Moscheen keine Bettler, keine *talibés,* keine *bàttu.* Da spürte Mour so etwas wie ein schweres Gewicht auf seiner Brust lasten, das Atmen fiel ihm schwer. Ihm schien, als fingen seine Ohren zu sausen an.
„Laß uns noch einmal eine Rundfahrt durch die Stadt machen! Sie wohnen weit weg von hier,

vielleicht haben sie so früh keine Transportmittel gefunden. . . "
„Das ist möglich", erwiderte Koulé, „dort, wo sie wohnen, ist es sehr problematisch, zu früher Stunde einen Bus zu kriegen. Wenn einer fünf- oder sechshundert Meter weiter zu sehen ist, rennt die ganze Menge, die an der Haltestelle wartete, los und stürmt den Bus, der im Handumdrehen voll ist. So haben nur die gesunden Menschen eine Chance mitzukommen. . . Die Bettler und die Frauen sind zu schwach, um sich in diesem Gerangel durchzusetzen, was im übrigen oft in eine Schlägerei ausartet."

Die Worte Koulés waren Balsam für Mours Herz: „Ja, genau, das muß es sein! Der Mangel an Bussen! Aber sicher, das ist auch so ein Problem. . . Die große Masse der Arbeiter, die in der Tat in diesen Vororten der Stadt lebt. . . "

„Da gibt es welche unter ihnen, die schon um halb fünf aufstehen, um rechtzeitig zur Arbeit zu kommen. . . "

„Koulé, fahr mal in die Gegend des Hauptkrankenhauses!"

Am Hauptkrankenhaus: keine Bettler, keine *talibés.* Die ganze Stadt war wie ausgestorben, nirgendwo ein einziger *bàttu.*

Die goldene Sonnenkugel hatte den in der Luft liegenden Nebelschleier aufgelöst. Sie schickte nun glühende Strahlen auf die ganze Stadt, die Koulé, je nachdem, welche Richtung er einschlug, blendeten.

Jetzt, nachdem Koulé auf Mours Bitte hin den Wagen gut zwei Stunden am Großen Marktplatz

abgestellt hatte, vor die Haltestelle der Buslinie, die den Pendelverkehr zum Bettlerviertel bewerkstelligte, bestand keinerlei Zweifel mehr: Nicht ein einziger Bettler war aus den Bussen ausgestiegen.
Mour war äußerst niedergeschlagen, und gleichzeitig überkam ihn große Wut: „Das sind Betrüger, Heuchler, Lügner! Das ist der Grund, weshalb sie dazu verdammt sind zu betteln... Jedem das, was er verdient!"
Was sollte er jetzt mit den siebenundsiebzig Fleischtüten, den siebenhundert Kolanüssen, den drei mal sieben Metern weißen, nicht seidigen Stoff anfangen? – „Sie haben mich getäuscht, sie haben mich schändlich getäuscht! Diese Frau hat mir schamlos ins Gesicht gelogen! Das werden sie mir eines Tages büßen... Ich werde sie schon noch über die Klinge springen lassen, sobald sich eine günstige Gelegenheit dafür ergibt... Diese Rüpel!"
Was tun? „Im Augenblick steht die Macht auf ihrer Seite..."
„Koulé, laß uns in ihrem Haus nachsehen!"
Das Leben und Treiben auf dem Großen Marktplatz: Menschentrauben, die von allen Seiten herbeiströmten; ein unendliches Stimmengewirr; die Rufe der Händler; die Versteigerungen, die Streitigkeiten und Beleidigungen der Schaulustigen und fliegenden Händler, aber auch hier und da schallendes Gelächter; die sanften Farben der sich entlang der Bürgersteige stapelnden Obst- und Gemüsesorten; die schillernden Farbtöne der kunterbunten Waren, die auf den Ständen ausla-

gen; die Farbenpracht der majestätischen Bubus der Damen und Herren, die um den Marktplatz herumschlenderten.
Entlang der Straßen ein endloser Strom von Arbeitern, die es eilig hatten, von unbekümmerten Schülern, dynamischen Hausfrauen, die trotz ihres schweren Einkaufskorbes ihren Schritt beschleunigten – gerade soviel indes, daß das kleine auf dem Rücken festgebundene Wesen, das den Schlaf der Unschuld schlief, keine Erschütterungen abbekam.
Die ganze Stadt war mittlerweile in ein lebhaftes, warmes und helles Licht getaucht. Unter Koulés Fuß auf dem Gaspedal entrollte sich der Asphaltteppich mit einer schwindelerregenden Geschwindigkeit: Er schimmerte, und in der Ferne konnte man schillernde Flächen erkennen, aber das waren nur Luftspiegelungen.
Mour sah nichts von alledem. Die Piste aus Sand. Eine Wüste, in der es keine Oase, keine Grenzen zu geben schien. Mour war am Rande des Nervenzusammenbruchs. Heute, da spürte er das Gerüttel. Der Lieferwagen war nicht so stabil wie der Mercedes. Mehrmals mußte er sich nach hinten beugen, um die Tüten wieder aufzurichten, die umzufallen drohten.
Das Haus der Bettler. Die ganze Sippschaft war versammelt, es war buchstäblich überlaufen: Das morgendliche Almosen wurde gebracht. Um nicht so aufzufallen, bat Mour Koulé, den Wagen zu wenden und ihn ein wenig abseits abzustellen, bis der Menschenandrang nachgelassen hätte.

„Hier gibt es nicht einmal einen Baum, in dessen Schatten man sich stellen könnte. In der Sonne wird Ihnen sicher zu heiß werden", stellte Koulé besorgt fest.

„Das spielt keine Rolle, das macht nichts."

Das Innere des Wagens hatte sich mittlerweile in einen Brutkasten verwandelt, obwohl die Fenster unten waren. Die Unbequemlichkeit, unter der sein Herr zu leiden hatte, bekümmerte Koulé. Er sprach sämtliche Themen an, die er sich erlauben konnte: die Hitze, die mit Sicherheit unerträglich werden würde, die Abgeschiedenheit des Viertels, vor der die Leute nicht zurückschreckten, das maßlose Übertreiben derselben Leute, die es nicht dabei beließen, einfach nur das Opfer zu entrichten und dann wieder wegzugehen, sondern eine Ewigkeit dablieben und sich um Dinge kümmerten, die sie nichts angingen. Auf all diese Versuche, ein Gespräch zustande kommen zu lassen, reagierte Mour nur knapp.

„Monsicur, möchten Sie, daß ich Ihnen im Laden des Mauren etwas zu trinken besorge?"

„Ja, ach ja doch, das ist eine gute Idee! Bring mir irgend etwas mit, eine Cola, eine *Judor*[76] oder irgend etwas anderes!"

Wenige Augenblicke später kam Koulé zurück:

„Ich bringe Ihnen eine Limonade, aber sie ist nicht kalt. Er sagte, daß das Eis noch nicht eingetroffen ist..."

„Gut. Das macht nichts."

Es war fast zwölf, als Mour seine Aufwartung im Hause der Bettler machte. Voller Groll schaute er

[76] Marke einer in Westafrika weit verbreiteten Orangenlimonade. (Ü)

ziemlich lange auf Nguirane Sarr, der in einer Ecke nahe am Eingang seine Gitarre zupfte. Er blickte sich nach Salla Niang um und entdeckte sie vor ihrer Feuerstelle am anderen Ende des Hofes. Endlich grüßte er, und man erwiderte ihm mit einem undeutlichen Gemurmel. Gefolgt von Koulé, drang er bis zu Salla Niang vor. Er versuchte, seine Wut zu beherrschen, vermochte aber nicht, das Herzklopfen einzudämmen, das seinen Brustkorb zum Anschwellen brachte, was Salla Niang rasch auffiel.

„Guten Tag, Schwester. Bist du in Frieden?“

„Gott sei gelobt, *tabarakala*.“

Mour fühlte sich von soviel Gleichgültigkeit, die Salla Niang an den Tag legte, wie vor den Kopf gestoßen – wirklich unangenehm vor den Kopf gestoßen. Sie schürte ununterbrochen das Feuer weiter, ohne die Augen zu ihm aufzuheben, „als wäre nicht sie es gewesen, die mir gestern eine feste Zusage gegeben hat, die indessen nicht eingehalten wurde!... Nicht einmal eine Erklärung... Oder wartet sie etwa darauf, daß ich sie um eine bitte?... Es gibt manchmal wahnwitzige Situationen, die nur schwer anzunehmen sind... Diese Leute, mit denen ich niemals etwas zu tun gehabt hätte, wäre da nicht dieses Opfer gewesen... Sie sind vielleicht die einzigen in der ganzen Stadt, die es wagen, mich mit so wenig Beachtung zu empfangen... Aber heute bin ich es, der sie braucht... Ich werde alles von ihnen hinnehmen müssen...“

Mour stand kerzengerade vor Salla Niang, die nun den Deckel vom Topf nahm und erst Zwie-

beln, dann eine kleine Schüssel voll Tomatenpüree, das mit Wasser verdünnt war, in das siedend heiße Öl gab. Sie rührte, rührte unaufhörlich die kochende Soße um. Man hätte meinen können, daß sie Mour und auch den Chauffeur in Livree nicht sah, der in einem Abstand von etwa zwei Metern hinter seinem Herrn stand.
„Alles von ihnen hinnehmen. Verhandeln, mit ihnen reden, um an mein Ziel zu gelangen... Der Tag, an dem ich sie erwischen werde...“
„Schwester, ich bin gekommen, um zu sehen, was die Leute aufgehalten hat... Sie hatten mir versprochen, an ihre alten Plätze in der Stadt zurückzukehren.“
Nach einigen Sekunden geruhte Salla zu Mour hinaufzuschauen:
„Was sie zurückgehalten hat? – Das weiß ich nicht. Frag sie doch selbst. Sie sind erwachsen, und ich bin nicht ihre Mutter.“
Mour war vom aggressiven Ton in der Stimme Sallas überrascht. Er überwand sich erneut, sich nichts anmerken zu lassen. In versöhnlichem Ton und mit einem Lächeln auf den Lippen sagte er zu Salla:
„Es ist wahr, was du sagst. Aber wenn ich es für richtig erachtet habe, mich jetzt an dich zu wenden, dann nur, weil ich gestern mit dir gesprochen habe... Als ich sie heute morgen nicht kommen sah, ist mir eingefallen, daß ich ihnen nichts gegeben hatte, womit sie den Bus hätten bezahlen können. Es war ein Versehen meinerseits. All das ist meine Schuld.“
Dann drehte Mour sich in einer heftigen Geste um, ohne Salla Niang Zeit zur Entgegnung zu

lassen, und suchte nach dem besten Platz, von dem aus er sich an die Versammlung wenden und von allen gehört werden konnte.
„Ich grüße euch, ihr Leute!"
Ohne auf eine Erwiderung zu warten und in der Absicht, ihnen zuvorzukommen, griff Mour mit der Hand tief in die Tasche seines Bubus, holte mehrere Bündel Banknoten hervor und warf sie in Richtung der Bettler. Ein großer Teil der Menge richtete sich sofort auf, um die Geldscheine, die im Wind hin- und herflatterten, im Flug zu erwischen. Es wurde geschubst und geschrien:
„Das Geld fliegt! Das Geld fliegt!"
„Das ist für den Bus. So könnt ihr quer durch die Stadt fahren und euch in den Straßen aufstellen, nicht wahr?"
Wie elektrisiert hüpfte die Menschenmenge herum, lachte, und einige darunter lobten sogar Mours Großzügigkeit.
„Ja, ja, wir werden kommen!"
Selbst die Blinden stürzten sich in den Tumult. Im Vergleich zu denen, die im vollen Genuß ihres Augenlichts waren, hatten die meisten überhaupt keine Chance. Einigen von ihnen gelang es trotzdem, von einem unerklärlichen Spürsinn geleitet, unter größter Mühe einige Scheine im Flug zu erwischen. Als Mour merkte, was er ausgelöst hatte, begab er sich in die Mitte des Gerangels. Nun drängte sich die Menschenmenge um ihn und schwirrte wie ein Bienenschwarm um ihn herum. Die hochgereckten Arme ließen an ein Heer von Basketballspielern denken, die gebannt

auf einen Ball warteten, der noch über dem Korb hing. Mour warf die Geldbündel mit vollen Händen in die Menge:
„Ihr werdet kommen, nicht wahr?“
„Klar werden wir kommen. Von heute Nachmittag an werden wir kommen!“
„Das Geld fliegt und fliegt und fliegt.“
„Kommt, und ihr werdet es nicht bereuen. Ich versichere euch, daß ihr es nicht bereuen werdet.“
Es regnete Banknoten. Mour war froh zu sehen, daß sich Salla Niang unter die Menge gemischt hatte. Das war ein gutes Zeichen, dachte er. Um sie noch mehr zu besänftigen, sie ihm gegenüber gütlicher zu stimmen, warf Mour ein ganzes Geldbündel in ihre Richtung, damit sie sich reichlich und mühelos bedienen konnte. In dem breiten Lächeln von Salla Niang, die in dem Gerangel sogar ihre Kopfbedeckung verloren hatte, sah Mour einen unleugbaren Sieg zu seinen Gunsten. Er jubelte. Erst in diesem Augenblick, dachte er, hatte er es geschafft, die Wand zwischen sich und den Bettlern zum Einstürzen zu bringen.
Perplex wohnte Koulé diesem Spektakel als stummer Zuschauer bei. Soviel rausgeworfenes Geld! Der Chef, der sich auf dieses Zirkusspiel inmitten der Bettler einließ! Koulé ließ Salla Niang nicht aus den Augen. Er haßte sie für ihr vorheriges Verhalten seinem Chef gegenüber. „Und dennoch hat sie sich auf das Geld gestürzt.“ Koulé hatte Mitleid, zutiefst Mitleid mit seinem Chef.
Als Ruhe eingekehrt war, wandte sich Mour erneut an die Versammlung:

„Gleich nach dem Gebet von *Tisbaar*[77] werde ich durch die Stadt fahren und euch das Almosen überreichen. Ihr werdet da sein, nicht wahr?"
„Wir werden da sein. Ja, ja, wir werden da sein", riefen mehrere Stimmen.
Als Mour zur Eingangstür zurückging, überlief ihn ein kalter Schauer: Er sah den „unverschämten Blinden mit der Gitarre" immer noch auf seinem Stuhl sitzen, die Gitarre auf den Knien, reglos wie ein Felsblock. Er hatte sich sichtlich nicht von der Stelle gerührt.
„Sein Pech", dachte Mour. „Dafür haben sich die anderen die Taschen gefüllt."
Der Lieferwagen schien nun weniger unkomfortabel. An Stelle der angespannten Erregung war Fröhlichkeit getreten, wie sie der Triumph nach einem schwierigen Kampf hervorbringt.
„Sie bekommen alles", erklärte er Koulé, „nur keine knisternden Banknoten."

Unterdessen hatte Koulé unter den glühenden Sonnenstrahlen zu leiden.
„Koulé, laß uns zu Sine fahren. So können wir dann nach dem Gebet die Rundfahrt machen."
Mour konnte nun ohne Groll an die Bettler denken: „Im Grunde verdienen sie es nicht, daß wir sie verachten... Man verachtet sie sowieso nur dann, wenn man sie nicht braucht... In Zukunft wird man ihnen zu ihrem Status, als vollwertige Bürger anerkannt zu werden, verhelfen müs-

[77] Wolof: Rituelles muslimisches Gebet, das am frühen Nachmittag verrichtet wird. (Ü)

sen... Strukturen schaffen, mit deren Hilfe sie integriert werden können... Eine breit angelegte Erziehungskampagne vor Ort durchführen... Sie brauchen Bildung, wie im übrigen auch der Großteil der Bevölkerung... Nein, sie sind nicht die einzigen, die abseits stehen..."

Das Haus, das Mour Sine zur Verfügung gestellt hatte, war eine prachtvolle Villa, die an der Corniche lag. Tagaus, tagein konnte man dort die mit Meeresdüften getränkte Luft einatmen. Das Quietschen des schweren Eisentors riß Mour aus dem schläfrigen Zustand, der sich seiner bemächtigt hatte, als er über eine Gesellschaft nachdachte, in der die Bettelei weder Ausdruck eines Mangels noch einer gewissen Habgier mehr war. Er hatte einmal in einer Stadt im Norden des Landes den ungewöhnlichen Fall eines Bettlers mitbekommen, der den Respekt und die Bewunderung der ganzen Bevölkerung auf sich zog. Der Mann bettelte nur einmal in der Woche, in der Nacht von Donnerstag auf Freitag. Das war für ihn die Gelegenheit, die Macht Gottes zu preisen und die Herrlichkeit des Propheten zu besingen. Wenn seine bezaubernde Stimme bis zu den Herzen durchgedrungen war, rannten die Leute, die eine Woche lang auf diesen Augenblick gewartet und das Almosen schon bereitliegen hatten, begeistert an die Türschwellen ihrer Häuser, um ihm, der nur einen kurzen Augenblick innehielt, Geld, Reis oder Hirse zu schenken. Dann konnten sie den hoch aufgeschossenen Greis bewundern, der majestätisch mit einem weißen oder indigoblauen, weiten, vor Stärke knisternden Bubu bekleidet war, den er über einem ebenso weiten *Turki* trug, an dessen Halsausschnitt eine Art Lasche angebracht war, die den Adamsapfel des ehrwürdigen, auf seinen Stock gestützten Blinden verdeckte.

Mour traf Sine im Eßzimmer an, sie saß am Tisch, wartete auf ihren Kaffee und hatte eine Zigarette zwischen den Lippen. Die Wut, mit der er sie anbrüllte, war Ausdruck einer schmerzvollen Entrüstung.

„Sine, ich habe dir gesagt, daß ich es nicht mag, dich rauchen zu sehen. Ich habe dir ausdrücklich verboten zu rauchen, und ich dachte, daß du das verstanden hättest!"

Statt einer Antwort begnügte sich Sine damit, genüßlich an ihrer Zigarette zu ziehen und einen langen Rauchstreifen lässig zur Decke hinaufzublasen.

„Sine, ich spreche gerade mit dir! Ich verlange von dir, daß du diese Zigarette ausdrückst!"

Während er so wetterte, ging Mour auf Sine zu, schleuderte die Zigarette durch die Luft, ebenso die Kaffeetasse, die ein Hausdiener kurz vorher auf den Tisch gestellt hatte. Die weißen Vorhänge am Fenster und auch Mours Bubu waren voller Spritzer. Sine stand vorsichtig auf, um sich nicht schmutzig zu machen. Sie faßte Mour scharf ins Auge, heftete einen unverschämten Blick auf ihn und schrie ihn ihrerseits an:

„Wenn du glaubst, daß ich es akzeptiere, wie ein Möbelstück hier abgestellt zu werden und nur Verbote und Befehle zu erhalten, dann hast du dich geirrt! Ich bin ein Mensch und kein Stück Holz!"

„Du rastest ja völlig aus, Sine! Du weißt nicht mehr, was du sagst..."
„Du bist es, der spinnt! Was glaubst du eigentlich? Daß ich hier bin, um deine Launen über mich ergehen zu lassen? – Nein! Ich bin deine Ehefrau, dann behandle mich wie deine Ehefrau! Wirklich, Mour, du bist nicht mehr bei Sinnen, wenn du glaubst, daß ich mich von dir wie ein bloßes Objekt behandeln lasse! Monsieur verschwindet tagelang, und wenn er wieder auftaucht, dann nur, um mir Befehle zu erteilen! Oh nein, Mour! Mach das mit deiner Lolli, ich aber bin kein Schaf!"
„Lolli ist eine ehrenwerte Frau, die nur Respekt verdient! Du solltest dich einmal mit einer Zigarette zwischen den Lippen im Spiegel betrachten, dann würdest du sehen, wie sehr du dich damit selbst entstellst! Dein fast kahlgeschorener Kopf, dieser Lippenstift, das alles irritiert mich!"
„Wir sprechen nicht dieselbe Sprache! Wir werden niemals dieselbe Sprache sprechen..."
„Weil du Lebensgewohnheiten und Lebensweisen nachäffst, die nicht zu dir passen!"
„Nein. Weil du denkst wie im Mittelalter. Und außerdem, denk doch mal nach, als wir geheiratet haben, habe ich dir genauso gefallen. Jetzt willst du, daß ich mich ganz einfach verändere, weil ich deine Frau geworden bin. Das ist doch unlogisch! Du wirst mich so ertragen müssen, wie du mich kennengelernt hast."
Mour war es schwer ums Herz. Es stimmte, daß ihm erst einige Monate nach der Hochzeit mit Sine bewußt geworden war, daß ihm einige Dinge

Unbehagen bereiteten, ja, ihn sogar schockierten. Aber er hatte immer gehofft, seine Ehefrau zur Vernunft bringen zu können. Er hatte geglaubt, sie davon überzeugt zu haben, die Zigaretten, den Lippenstift und die allzu engen Hosen aufzugeben.

„Wenn sie heute wieder mit dem angefangen hat, was ich am meisten hasse, dann ganz offensichtlich, weil sie mich provozieren wollte... Ich bin in ihre Falle gegangen... Ich hätte es nicht tun dürfen..."

Mour wartete lange auf ein Mittagessen, das man ihm nicht brachte. Mit leerem Magen, ein wenig schwerem Kopf zwang er sich, zu beten und sich wieder neben Koulé in den Lieferwagen zu setzen.

Es war glühend heiß an diesem frühen Nachmittag. Mour hatte das Gefühl, als lägen brennende Holzkohlen an seinen Schläfen. Er bat Koulé, beim Großen Marktplatz anzufangen. Danach machten sie die Runde der drei Krankenhäuser, die die Stadt vorzuweisen hatte, und besuchten anschließend jede der unzähligen Moscheen. Sie grasten alle Plätze und alle strategischen Orte der Bettler ab, aber diese waren nicht zur Verabredung gekommen. Sie befolgten weiterhin den Streik, den ihnen Salla Niang verordnet hatte.

Nach Mours letztem Besuch hatten einige unter ihnen, die von den inständigen Bitten dieses Mannes, der gar nicht so boshaft zu sein schien, erweicht worden und darauf bedacht waren, den gemeinsam beschlossenen Pakt einzuhalten – er, indem er ihnen sein Geld gab, und sie, indem sie ihr Versprechen hielten –, beschlossen, sich in die Straßen zu begeben und dort aufzustellen. Mit letzter Kraft gelang es Salla, an ihre Moral zu appellieren:

„Was? Das kommt nicht in Frage; das kommt überhaupt nicht in Frage! Nur weil er uns sein Geld zugeworfen hat, sollen wir uns seinem Willen beugen! Nein! Wenn er uns das Geld zugeworfen hat, dann nur, weil er die Taschen voll davon hat, weil er es sich leisten kann, es mit vollen Händen wegzuwerfen. Das, was wir davon einstecken konnten, war unser eigenes Glück; *sunu wërsëk la!*[78] Wenn ihr auf die Straßen geht, werdet ihr wie unwürdige Kreaturen dastehen, die ohne Glauben, ohne Scham, ohne Entschlußkraft sind . . . Erinnert euch an all das, was euch gezwungen hat, euch hier zu verschanzen! Nein, niemand darf sich von der Stelle rühren!"

Der Lieferwagen drehte eine Runde nach der anderen. Koulé, der den Schmerz und die Wut seines Chefs spürte, wagte ihn dennoch nicht zu fragen, was man am ehesten tun sollte. Er wendete den Lieferwagen und fragte sich bisweilen, ob Mour gemerkt hatte, daß sie schon mehr als zehnmal quer durch die Stadt gefahren waren: zum Großen Marktplatz, zu den Krankenhäusern, den Moscheen, den öffentlichen Plätzen, an den Auslagen der Läden vorbei, schließlich auch durch die unbedeutendsten Winkel der Stadt. Keine Bettler, keine *bàttu.* Und die Sonne, die

[78] Wolof: Das ist unser Glück! (Ü)

mehr und mehr und mehr unterging... Die Abenddämmerung kündigte sich an.
„Koulé, fahr zu ihrem Haus zurück! Wir werden ihnen dieses Fleisch hinbringen."
„Wie bitte, Monsieur?"
„Ich sagte dir, du sollst zum Haus der Bettler fahren. Dieses Fleisch können wir bei dieser Hitze nicht die ganze Nacht aufbewahren. Wir bringen es ihnen."
„In Ordnung, Monsieur."
„Danach setzt du mich bei Sine ab. Morgen früh um halb fünf wirst du mich dort abholen und mich in das Dorf fahren, wo du den kleinen Mann – den kleinen Serigne – mit dem blauen Bubu und der großen Chechia hingefahren hast."
„Ja, Monsieur... Das beste wird dann sein, wenn ich meiner Familie Bescheid gebe, zum Haus zurückkomme und die Nacht dort verbringe, um jede Verspätung zu vermeiden."
Mour bekam nur vage mit, was Koulé gesagt hatte. Seine Gedanken irrten schon hin und her zwischen der Unehrlichkeit der Bettler, der Unverschämtheit – nein, dem Zynismus – dieser „Dame, die sie ganz sicher manipulierte und die eine echte Schlange ist", der Vermessenheit des „dreisten Blinden" und dem Wahnsinn von Kéba Dabo.
„Meine Schwierigkeiten rühren einzig daher, daß ich Kéba Dabo als Mitarbeiter ausgewählt habe... Für diese Art heikler Angelegenheiten hätte ich einen reiferen Mann aussuchen müssen, der das Problem über den Weg von Verhandlungen gelöst hätte... Kéba ist ein Schwärmer... Eines Tages wird er sich das Genick brechen..."

Nachdem ihm Koulé die Tür des Lieferwagens geöffnet hatte, begab sich Mour mit schweren Schritten zum Wohnzimmer. Erschöpft ließ er sich in einen Sessel fallen. Er hatte nicht einmal mehr die Kraft, nach oben in sein Zimmer zu gehen und sich umzuziehen.
Sein Groll Sine gegenüber war verflogen. Unmittelbar nach dem Streit, in dem Augenblick, als er sich für die Rundfahrt nach dem Gebet von Tisbaar in den Lieferwagen setzte, hatte er sich gesagt, daß er sie nicht für die ganze Zeit seiner Unternehmung hätte allein lassen dürfen. „Immerhin ist das eine Beleidigung für eine Frau..." Er warf sich auch vor, daß er ihr keine Erklärung gegeben hatte. Er war zu dem Schluß gekommen, daß alle Mißverständnisse auf den großen Altersunterschied zwischen ihnen zurückzuführen waren und daß er als der Ältere von beiden die Pflicht hatte, in einigen Dingen nachzugeben, und zwar in dem Maße, in dem seine Autorität darunter nicht zu leiden hatte und der ihm gebührende Respekt nicht beeinträchtigt wurde.
„Monsieur, das Abendessen ist angerichtet."
Mour erhob leicht den Kopf, ohne dem Küchenboy eine Antwort zu geben. Er war ausgelaugt. Wann hatte er das letzte Mal geschlafen? Wie lange hatte er schon nicht mehr gegessen, wie er es liebte, mit Genuß und bis zur völligen Sättigung? – Er konnte die Tage nicht mehr zählen, in denen fast alles aufgehört hatte, einen Sinn zu haben, mit Ausnahme der Nominierung zum Amt des Vizepräsidenten der Republik, der

Vision des mysteriösen und fortan unfaßbaren Kifi Bokoul und des Widerstands der Bettler. Sogar Serigne Birama hatte sich aus seinem Blickfeld zurückgezogen. Die Bettler, Kifi Bokoul, die Vizepräsidentschaft... Die Bettler, Kifi Bokoul, die Vizepräsidentschaft...

Mour war erschöpft. Körperlich und geistig. Zum Spielball der Bettler geworden zu sein, was für ein Schicksalsschlag! Sein ganzer Körper schmerzte, vor allem der Rücken und die Schultern... „Die großen Fleischviertel, die ich heute morgen gehoben habe... Ich werde wieder mit einigen Sportübungen anfangen müssen."

Nein, essen würde er nicht. Vielleicht nur ein Glas heiße Milch vor dem Schlafengehen trinken oder besser einen Aufguß aus *quinquéliba*[79] und dazu ein Glas heiße Milch.

Er sah, daß Sine sich zu Tisch setzte. Sie hatte sich mit keinem Wort an ihn gewandt. Sie wußte nicht, daß er den vorherigen Streit völlig vergessen hatte. Trotzdem versuchte er, seine ganze Konzentration aufzubringen und zu warten, bis Sine zu Ende gegessen hatte, um zu sehen, ob sie rauchen würde oder nicht. Er mußte eingeschlafen sein, denn er wachte erst wieder auf, als das Sendezeichen der Fernsehnachrichten an sein Ohr drang. Er öffnete die Augen und sah, wie sich Sine, die gerade den Fernseher angeschaltet hatte, aufs Sofa setzte. Er erinnerte sich daran,

[79] Pflanze, die vielfach zu medizinischen Zwecken verwendet wird. Aus den Blättern, aber auch aus den Wurzeln und Stengeln, wird ein Aufguß gebraut: Er ist gut gegen Fieber aller Art, insbesondere gegen Malariaanfälle u.ä. (Ü)

daß er nachsehen mußte, ob sie geraucht hatte oder nicht, aber in dem Augenblick, als er den Blick auf Sine richtete, hörte er die Stimme des Sprechers in einem feierlichen Ton, der denselben Eindruck auf ihn machte, als hörte und sähe er Gott persönlich, verkünden:

„Auf der Grundlage der Verfassung und gemäß Dekret vom 6. Juni zur Änderung der Verfassung usw.

verordnet der Präsident der Republik:

1. Das Ausscheiden des Innenministers Monsieur Toumané Sané aus seinem Amt,
2. Die Nominierung von Monsieur Toumané Sané zum Vizepräsidenten der Republik ... “

Nachwort

Neben Mariama Bâ (†1981), Nafissatou Diallo (†1982) und Ken Bugul alias Mariétou Mbaye gehört Aminata Sow Fall zu den bekannten Schriftstellerinnen Senegals. 1941 in Saint Louis im Norden des Landes geboren, stammt sie aus einem alten Fürstengeschlecht der Gegend. Sie hat in ihrer Heimatstadt, die bereits 1638 von den Franzosen gegründet worden war, die Schule besucht und danach lange Jahre (1962–1970) in Paris Literaturwissenschaft (Lettres modernes) studiert. In Dakar war sie als Lehrerin am Gymnasium und in der staatlichen Kommission für die Reform des Unterrichtswesens tätig. Seit 1980 war sie Direktorin des *Centre d'Etude des Civilisations,* eines staatlichen Instituts zur Erforschung der mündlichen Literaturen und Kulturen Senegals, und gab zugleich mit anderen eine teilweise in Wolof, der Nationalsprache des Landes, verfaßte Kulturzeitschrift heraus. Schließlich war sie von 1985–1990 Präsidentin des senegalesischen Schriftstellerverbandes. 1987 gab Aminata Sow Fall ihre offiziellen Funktionen auf und gründete das *Centre Africain d'Animation et d'Echanges Culturels* (CAEC), das eine vom Staat unabhängige Einrichtung ist und der Kulturarbeit im weitesten Sinne dienen soll. Hier setzt sie sich vor allem für die Verbreitung des afrikanischen Buches, für einen geistigen Austausch zwischen den Völkern und für die Wahrung der Menschenrechte ein. Dem Centre angeschlossen arbeitet der Verlag *Edition Khoudia,* in dem seit 1990 Untersuchungen zur Kulturgeschichte und zur Literatur, aber auch literarische Werke herausgegeben werden.

Ihr erster Roman *Le Revenant* (Das Gespenst) erschien 1976 in den Nouvelles Editions Africaines, Abidjan – Dakar, und handelt von Bakar, einem Arbeitslosen, der als großer Herr auftritt, sich an öffentlichem Eigentum vergeht und im Gefängnis landet. Mit *La grève des Bàttu* (Der Streik der Bettler), der 1979 im gleichen Verlag erschien, hatte die Autorin bereits einen großen Erfolg: Der Roman wurde in die Vorauswahl für den Prix Goncourt 1979 einbezogen und schließlich 1980 mit dem Großen Literaturpreis Schwarzafrikas *(Grand Prix Littéraire de l'Afrique Noire)* ausgezeichnet. Eine Bühnenbearbeitung dieses Romans kam in Togo zur Aufführung. In dem 1982 erschienenen (ebenfalls N.E.A.) *L'appel des arènes* (Der Ruf der Arenen) fühlt sich ein Lehrersohn zur Welt des Ringkampfs hingezogen, eines, wie die Autorin selbst sagt, traditionellen und authentisch afrikanischen Sportes; zugleich wird damit der Ruf des Tam-Tam als Zeichen der afrikanischen Identität angesprochen. 1987 schließlich erschien in Paris im Verlag L'Harmattan der Roman *L'Ex-Père de la Nation* (Der Ex-Vater der Nation).

Als Schriftstellerin der jüngeren Generation stellt Aminata Sow Fall nicht mehr die Anklage gegen den Kolonialismus in den Mittelpunkt ihrer

Werke, auch wenn dessen Folgeerscheinungen in dem Verhalten der neuen, afrikanischen Oberschicht nicht zu übersehen sind. Der Kolonialismus ist bei ihr ein Teil des kulturellen Erbes, nicht wegzudenken als solcher, aber auch nicht mehr im Roman zu thematisieren. Ebenso lehnt sie es ab, als eine feministische Schriftstellerin bezeichnet zu werden, und räumt nur ein, vielleicht mit der größeren Sensibilität der Frau manche Dinge schärfer zu sehen als ein Mann: „Ich fühle mich wohl in meiner Haut als Frau und habe keinerlei Komplexe gegenüber anderen." Es ist allerdings nicht zu übersehen, daß in den Worten und in dem Schicksal der Frauen im *Streik der Bettler*, Lolli, Raabi, Salla und Sine, wichtige Aspekte der Emanzipation der afrikanischen Frau angesprochen werden.

Trotz dieser Einschränkungen läßt sich nicht leugnen, daß die Romane von Aminata Sow Fall sowohl realistisch als auch engagiert sind. Ihr Ziel sei es, so gab sie in einem Interview zu verstehen, die Fehlentwicklungen in der Gesellschaft ihres Landes anzuprangern: der verhängnisvolle Einfluß westlicher Lebens- und Denkweisen mit dem Geld als Ausdruck der Macht und als Wertmaßstab; die Aufgabe der traditionellen afrikanischen Formen des Zusammenlebens der Menschen, wobei es häufig zu einer Verbindung von altem afrikanischem Aberglauben und starkem politischem Ehrgeiz gerade bei den neuen Eliten des Landes kommt; falscher Fortschritt und fehlgeleitete Religiosität geben sich die Hand. Gegen die Verwestlichung, gegen die Gefahr, die kultu-

relle Identität als Afrikaner zu verlieren, gibt es als Mittel nur den Rückgriff auf die eigenen kulturellen Traditionen. Das Verhalten der Armen im *Streik der Bettler*, ihre Solidarität, ihre Menschlichkeit und ihre Gewaltlosigkeit, verkörpern den Widerstand des alten Afrika gegenüber der Aggressivität der neuen, vom Westen beeinflußten Oberschicht des Landes.
Diese, vertreten in Mour Ndiaye, der ironischerweise Direktor der staatlichen Gesundheitsbehörde ist, sieht in den Bettlern nur eine Plage, die „die öffentliche Gesundheit und die Volkswirtschaft bedroht". Nach ihren europäischen Vorstellungen „vergiften sie die Luft der Stadt" und sollten nützliche Arbeiten verrichten. Doch Kéba Dabo, die rechte Hand Mours, der die Stadt von den Bettlern freimacht, findet Widerspruch auch in seiner Schicht, aber eben von seiten einer Frau, seiner Sekretärin Sagar, die ihm seine Aversion gegen die Armen vorhält und deren Existenz mit der alten Tradition rechtfertigt. Wenn Sagar, die sonst durchaus in den Kategorien der Oberschicht denkt und nicht versteht, daß sich Kéba nicht korrumpieren läßt, rein menschliches Mitgefühl für die Ärmsten der Armen empfindet, so wird deren aktiver Widerstand auch von einer Frau geleitet, von Salla, die die vertriebenen Bettler im Hof ihres Anwesens versammelt. Sie entwickelt sich zum Antagonisten von Mour, denn sie hat erkannt, daß es „Leiden gibt, die man einem menschlichen Wesen nicht zufügen darf". Rebellen gegen die Gewalt des Vaters und des Mannes sind auch Raabi, Mours Tochter aus

erster Ehe, und seine zweite, frisch angetraute Frau Sine. Raabi wendet sich gegen die Demütigung ihrer allzu ergebenen Mutter Lolli, und Sine hält Mour vor, daß sie eine Person und kein Holzstück sei und daß er wie ein Mensch aus dem Mittelalter rede, wenn er von ihr Unterordnung verlange.

Auch wenn die Autorin es abstreitet, Feministin zu sein, die starken Personen des Romans und die eigentlichen Sieger sind die Frauen, allen voran Salla, die ihre Überlegenheit unmißverständlich vor Augen führt. Dabei verkörpert jede einen anderen Typ der afrikanischen Frau, Salla die Rebellin aus der Unterschicht, Raabi die aufgeklärte Intellektuelle, Sine die moderne junge Frau, die bestimmte Ansprüche an den Mann stellt. Ihnen gegenüber steht Lolli, Mours Frau, die zwar von den neuen Ideen über die Rechte der Frau gehört hat, die sich auch gegen die neue Ehe ihres Mannes auflehnt, die aber unter dem Einfluß ihrer Mutter und ihrer Altersgenossinnen resigniert und sich mit ihrem Schicksal der Unterordnung unter den Willen ihres Mannes abfindet.

Wie die Frauen verkörpern auch die Männer bestimmte, wiederkehrende Typen der afrikanischen Gesellschaft, wie sie die Autorin in ihrer Heimat beobachten konnte: Mour stellt den sozialen Aufsteiger dar, der um des persönlichen Erfolges willen zu jedem Kompromiß bereit ist. Er kennt nur das Ziel, Vizepräsident zu werden, und nimmt dafür die Erniedrigungen in Kauf, die ihm die Bettler zuteil werden lassen. Sein Mitarbeiter Kéba, der sich aus äußerster Not hochgearbeitet hat, besitzt dagegen Stolz und eine starke Persönlichkeit. Er kann die veränderte Haltung seines Chefs gegenüber den Bettlern nicht hinnehmen. So geht er auch das Risiko ein, berufliche Nachteile zu erfahren. Mour hingegen geht nicht nur zu einem Marabut, sondern nimmt noch die Hilfe eines zweiten in Anspruch. Sein Aberglauben läßt ihn vor keiner Demütigung zurückschrecken. Als zentrale Figur des Romans dokumentiert er die Schwäche der afrikanischen Eliten, die von den Kolonialherren die Macht übernommen haben und nun zu ihrem eigenen Vorteil mißbrauchen.

In vieler Hinsicht weist Aminata Sow Falls Roman Parallelen zu anderen gesellschaftskritischen Werken afrikanischer Autoren auf, etwa zu Mudimbes *Auch wir sind schmutzige Flüsse* oder Sembène Ousmanes *Chala*. Die tiefgreifende Verunsicherung der afrikanischen Gesellschaft, deren herrschende Schicht nicht in der Lage ist, die eigenen Interessen denen der Gemeinschaft unterzuordnen, wird von den Intellektuellen Afrikas immer wieder thematisiert. Daß die von Instabilität bedrohte afrikanische Gesellschaft der jungen Länder eine ihrer wichtigsten, wenn nicht die wichtigste Stütze in der Kraft der afrikanischen Frau besitzt, hatte Sembène Ousmane schon 1960 in seinem großen Roman *Gottes Holzstücke* zum Ausdruck gebracht. Der Streik der Bahnarbeiter wird in diesem an Zolas *Germinal* erinnernden Werk nicht nur von dem Streikkomitee unter Bakayoko geleitet, sondern gestützt und ermöglicht erst durch

die Frauen, insbesondere durch Penda, die Prostituierte.
Wie die meisten der modernen afrikanischen Romane stellt das Werk von Aminata Sow Fall eine Klage über die Verfallenheit der afrikanischen Gesellschaft dar. Aber die Kritik an dieser Gesellschaft gewinnt mit den Augen einer intellektuellen Frau an Intensität, die Analyse menschlichen Verhaltens beruht auf europäischer wie afrikanischer Tradition.

Peter Schunck

Nuruddin Farah
Aus einer gekrümmten Rippe

Roman

Aus dem Englischen von Gunter Böhnke
Mit einer Nachbemerkung von Angus Calder
Lamuv Taschenbuch 150

»Gott schuf die Frau aus einer gekrümmten Rippe; und ein jeder, der versucht, sie geradezubiegen, wird sie zerbrechen.« (Somalisches Sprichwort)

Ebla ist zu lebenshungrig und selbstbewußt, um hinzunehmen, daß Männer einfach über sie verfügen. Heimlich verläßt die junge Nomadin ihren Stamm, um der Heirat mit einem schon Betagten zu entgehen. In der Stadt will sie der Cousin verschachern. Sie flieht in die Heirat mit einem Unbekannten ...

»Mehr als ein Kritiker hat Farah wegen seiner Fähigkeit, Dinge aus der Sicht der Frauen zu sehen, gelobt; so wurde ›Aus einer gekrümmten Rippe‹ als eines der umfassendsten Bilder einer Frau in einem afrikanischen Roman gewürdigt. Farah selbst meint, daß das, was andere als ›pro-feministisch‹ bezeichneten, eher zufällig sei und keinesfalls Absicht: ›Ich schreibe nur, was ich fühle.‹« (Literatur-Nachrichten)

»Die Romane von Nuruddin Farah gehören unbedingt zur Pflichtlektüre über Afrika, weil sie den Schlüssel zur afrikanischen Identität liefern ...« (Mourad Kusserow in: Afrika-Post)

Nuruddin Farah, 1945 in Somalia geboren, zählt zu den bedeutendsten zeitgenössischen Schriftstellern Afrikas. Er hat sich immer wieder gegen politische Repression gewandt. In seinem Heimatland fand er deshalb wenig Achtung. Das Barre-Regime verhängte über ihn das Todesurteil, zwang ihn zu Flucht und Exil.

Farah lebt seitdem vorwiegend in afrikanischen Ländern, war Hochschullehrer, hat Kurzgeschichten, Drehbücher und sechs Romane geschrieben, die in 17 verschiedenen Sprachen übersetzt worden sind.

Rigoberta Menchú/CUC: Die Klage der Erde

Der Kampf der Campesinos in Guatemala

Lamuv Taschenbuch 136

Rigoberta Menchú und das »Comité de Unidad Campesina«, deren Vorsitzende sie ist, erzählen von der Unterdrückung und dem Widerstand der »Indigenas« in Guatemala: In den letzten Jahrzehnten ist ein regelrechter Krieg gegen die Armen geführt worden, dem Zehntausende zum Opfer fielen. Das »Komitee der Landarbeitervereinigung« mußte zur Zeit der Militärdiktaturen im Untergrund arbeiten. Heute regiert in Guatemala nicht mehr das Militär, so scheint es. Für Rigoberta Menchú gibt es jedoch nur eine »Fassadendemokratie«. Den Ureinwohnern wird weiterhin das Recht auf eine eigene Kultur, auf eigene Organisationen und eine selbstbestimmte Entwicklung verwehrt.

Elena Poniatowska
Jesusa – Ein Leben allem zum Trotz

Lamuv Taschenbuch 123

Renate Hücking schreibt über sie: »Jesusa hat sich ihr Leben lang, tagaus, tagein geschunden, bloß um zu überleben. Aber sie hat sich nicht kleinkriegen lassen. Im Frauentroß ist sie durch die Mexikanische Revolution gezogen. Dann blieb sie in der Hauptstadt hängen und schlug sich als Fabrikarbeiterin durch, als Animiermädchen, Matratzenwäscherin ... Mit zäher Widerstandskraft, spontaner Empörung und enormer Selbstachtung hat sie sich mit Würde über Wasser gehalten.«
Elena Poniatowska, 1933 in Paris geboren, ist Mexikos Starreporterin. Als erste Frau erhielt sie 1978 den »Nationalen Journalistenpreis« Mexikos.

Moema Viezzer
Wenn man mir erlaubt zu sprechen ...

Das Zeugnis der Domitila, einer Frau aus den Minen Boliviens

Lamuv Taschenbuch 27

Das Zeugnis der Domitila ist – so Günter Wallraff – eine »Form der Entwicklungshilfe an uns ›Unterentwickelten‹: in Sachen politisches Engagement und Solidarität«.